Honoré de Balzac

Eugénie Grandet

par Philippe Berthier

Philippe Berthier

présente

Eugénie Grandet

d'Honoré de Balzac

Gallimard

Philippe Berthier est professeur à la Sorbonne Nouvelle. Il a publié récemment *Julien Gracq critique. D'un certain usage de la littérature,* Presses Universitaires de Lyon (1990). *Figures du fantasme. Un parcours dix-neuviémiste,* Toulouse, Presses Universitaires du Mirail est sous presse.

Le dossier iconographique a été réalisé par Christine de Bissy.

Pour Jean Verrier,
mon compagnon d'été à Middlebury.

« As-tu vu le bois après l'orage ? Tout est en paix, plus beau qu'auparavant ; vois-tu, femme, toi aussi il te faut un orage. »

Peter Altenberg

« Toujours aimer, toujours souffrir, toujours mourir... »

Corneille, *Suréna*

LA PART DE NUIT

Eugénie Grandet, on connaît. Ou on croit connaître... Si on n'a lu qu'un seul roman de Balzac, il y a de bonnes chances que ce soit celui-là. Limpide, ou du moins semblant l'être, linéaire, riche en contrastes psychologiques d'une grande efficacité, il a tout pour se faire consommer aisément. On le dirait même « édifiant » : le terrible Grandet et la dolente Eugénie se font valoir l'un l'autre comme deux modes antagonistes et incompatibles de l'être, d'où la leçon morale paraît sortir et s'imposer d'elle-même. À part quelques grincheux, tout le monde s'accorde à trouver l'œuvre parfaite en son genre, même si c'est un genre relativement mineur. Le sinueux et papelard Sainte-Beuve témoigne à sa manière, toujours plus ou moins biaisée, de la réussite quasi unanimement (et immédiatement) saluée, lorsqu'il condescend à reconnaître qu'« il s'en faut de bien peu que cette charmante histoire ne soit un chef-d'œuvre[1] » — sans prendre d'ailleurs la peine de préciser ce qui lui manque pour que l'ouvrage soit accompli à ses yeux.

Mais « charmante », *Eugénie Grandet*, vraiment ?

Il est permis de trouver l'épithète singulièrement superficielle. *Eugénie Grandet* est tout ce qu'on voudra, sauf une œuvre molle ou décorative. Inscrite dans

1. *Revue des Deux Mondes*, 15 novembre 1834.

les programmes scolaires, victime désignée des morceaux choisis, canonique voire canonisée, elle a subi plus que d'autres l'effet d'érosion et de banalisation que produit l'habitude de voir dans le paysage, bien répertorié, un monument célèbre qu'on finit par saluer d'assez loin, pour des raisons convenues, plus qu'on ne l'explore en profondeur en le décapant de la crasse d'une admiration universelle, qui va comme de soi et ne s'interroge plus sur ses motivations de fond.

On l'a fait remarquer à juste titre : entre tous les textes de Balzac, *Eugénie Grandet* paraît bien « un des plus compromis dans l'évidence[1] ». Le lecteur s'éprouve puissamment manipulé par des fonctions dramatiques apparemment transparentes, charriant des maximes univoques. Les forces en présence semblent claires, le sens de l'affrontement nettement dégagé. Chacun s'y retrouve (dans tous les sens du mot), et le récit se charge d'une immédiate force d'exemplarité. On croirait en somme, dans cette narration d'allure fort manichéenne (Paris contre province, argent contre amour, oubli contre fidélité), « que la justification éclairante ne fasse jamais défaut, que la naturalisation puisse toujours le saturer[2] ». Or il faudrait, dans ce roman sur lequel semble peser une lumière déjà flaubertienne (d'un certain Flaubert, bien entendu), « grise, sans doute, mais également dif-

1. Raymond Mahieu, « Méprises et échanges. À propos du romanesque dans *Eugénie Grandet* », in *Imprévue : Études sociocritiques* (Montpellier), n° 2, 1984 (p. 163). Cf. aussi R. Amossy et E. Rosen, *Le Discours du cliché*, SEDES, 1982 (pp. 50-66), qui montre comment le cliché contribue à maintenir intacte la surface du réalisme tout en s'attaquant en profondeur à ses fondements.

2. R. Mahieu, *loc. cit.* p. 164.

fusée au point que nulle ombre ne signale de faille », restituer « une part de nuit[1] » qui, si on l'envisage véritablement, devient vite vertigineuse et plonge dans quelque chose qui bouscule le cadastre trop simpliste qu'on avait cru pouvoir baliser.

1. *Ibid.*

Et l'on se prend à penser que ce n'est sans doute pas sans signification que la première publication de Dostoïevski ait été une traduction en russe d'*Eugénie Grandet*, en 1884.... Le sous-titre, à tout prendre, ne pourrait-il pas en être *Les Possédés* ? Au pluriel, bien entendu.

On aimerait ici restituer des enjeux plus essentiels, et plus troubles, que ceux auxquels s'attache une lecture « réaliste » du roman. Parangon de réalisme sur un certain plan — le moins captivant à coup sûr, et pourtant le plus souvent souligné par une critique avide de référentiel au premier degré —, *Eugénie Grandet* est aussi le moins réaliste des romans, et même, en consacrant avec une amère ironie le triomphe de ce qu'il est convenu d'appeler le « réel », il signe comme un manifeste anti-réaliste et pourrait paradoxalement être considéré comme un « discours sur le peu de réalité » (comprenons : le peu de réalité du prétendu réel, l'imaginaire comme seule réalité). Si certains, tel J. Gracq, tout crépitant de l'électricité surréaliste, ont pu prendre la défense de Madame Bovary, médiocre par refus de la médiocrité, incomprise comme est forcément incompris le désir, qui reste, par définition, dans le monde comme il va, l'inadmissible absolu, ils auraient pu aussi revendiquer pour leur la fille du tonnelier, qui reste à jamais inassimilable au train des choses et n'en prend pas son parti. Il est vrai qu'Eugénie va à la messe, trait peu pardonnable... Mais il y a des piétés qui expient moins le désir qu'elles ne le sacralisent. Eugénie n'est pas confite en bigoterie, c'est une torche à laquelle ce qu'on nomme avec résignation « la vie » a permis de jeter un bref éclat, avant de lui interdire de brûler. Le réel l'emporte, mais disqualifié.

I LA SAUMURE

Ce que Pierre Barbéris a joliment appelé le « réalisme de syndicat d'initiative[1] » a particulièrement sévi s'agissant d'*Eugénie Grandet*. Le campanilisme n'a pas manqué de s'emparer d'une histoire qui semblait fortement enracinée dans le terroir, et même de l'exploiter comme argument touristique. Or il est symptomatique qu'on avance ici sur des sables mouvants...

1. *Balzac. Une mythologie réaliste*, Larousse, « Thèmes et Textes », 1971 (p. 257).

SAUMUR N'EST PAS DANS SAUMUR

Dès les premières lignes, l'action semble pourtant indiscutablement située : « à

Saumur, au bout de la rue montueuse qui mène au château, par le haut de la ville » (p. 19)[1]. Et les Saumurois n'ont guère attendu pour réclamer en Grandet un compatriote, puisque son prétendu logis est devenu, presque immédiatement après la publication du roman, une attraction pour des pèlerins littéraires, avides de confronter le texte à son lieu. Naturellement, la littérature a toujours raison, et en un certain sens il sera à jamais impossible d'arracher *Eugénie Grandet* à Saumur, et Saumur à *Eugénie Grandet*, mais on sait aujourd'hui que c'est un effet de la prégnance propre à toute fiction efficiente, et qu'en réalité Saumur n'est pas dans Saumur, mais... à Tours. Pierre-Georges Castex, dans son édition, a fait justice une fois pour toutes de cette illusion naïve qui consiste à chercher dans le décor « authentique » des confirmations de ce qui reste tributaire de l'arbitraire souverain du créateur, libre de ses inventions et parfaitement autorisé à camoufler ses sources, à jouer avec le temps, avec l'espace, à les déformer, à les travestir, à les faire passer pour ce qu'ils ne sont pas, à nous en faire accroire en truquant les données[2].

1. Toutes nos références renvoient à l'édition Folio.

2. Cf. Dossier, IV.

Il ne faut pas craindre ici de s'engager dans des enquêtes tatillonnes ou apparemment anecdotiques, dont les conséquences théoriques et méthodologiques s'avèrent en fait très importantes. L'étiquette de « réaliste » colle tellement à Balzac, son esthétique et sa philosophie semblent tellement inséparables d'une incarnation précise dans des milieux et des paysages déterminés, rendus avec un souci de véracité inconnu avant lui, qui les estampille d'un sceau et leur confère un aloi de réel incontestables, qu'on a presque l'impression d'une imposture ou d'une trahison lorsqu'on découvre, preuves à l'appui, que cette histoire si saumuroise doit en fait à peu près tout à la Touraine. On en vient même à poser la question sacrilège ou absurde : Balzac connaissait-il Saumur ? Comme s'il avait nourri des remords de l'avoir surpris en flagrant délit d'infidélité au code d'honneur du réalisme intégral, P.-G. Castex a voulu le sauver malgré lui en supposant que le romancier avait fait escale à Saumur en 1830, lors de son voyage sur la Loire en compagnie de Mme de Berny. Mais Roland Chollet[1] a pris la peine de vérifier les horaires des bateaux qui assuraient en 1830 le service de Tours à Nantes, et il a constaté qu'ils ne s'arrêtaient pas à Saumur (Stendhal, dans *Mémoires d'un touriste*, le confirme). On ne voit pas pourquoi Balzac et son amie, qui souhaitaient arriver le plus vite possible à l'océan, auraient, pour voir une ville où rien ne les attirait spécialement, accepté d'y passer une nuit en s'infligeant une série de correspondances batelières compliquées.

Certes, on ne peut apporter de preuve décisive à ce sujet... Il ne semble pas que

1. *Balzac journaliste. Le Tournant de 1830*, Klincksieck, 1983 (p. 282).

Balzac ait disposé d'un informateur susceptible de le renseigner sur Saumur, comme il le sera l'année suivante pour le Douai de *La Recherche de l'Absolu*, dont on sait à présent que c'est, une fois encore, Tours qui s'y cache en filigrane. Nicole Mozet[1], à partir d'un indice assez fragile (une lettre de 1825 à la duchesse d'Abrantès, où Balzac lui parle des levées « divines » entre Saumur et Tours comme s'il les avait vues de ses yeux), émet l'hypothèse d'un passage à Saumur, peut-être en 1821 ou en 1823. Une dizaine d'années séparerait donc l'expérience saumuroise de son rendu littéraire.

1. *Balzac au pluriel*, PUF, « Écrivains », 1990 (pp. 66-68).

Reste que la question se pose de savoir pourquoi Balzac a éprouvé le besoin de situer l'action d'*Eugénie Grandet* dans une ville qu'il ne connaissait pas, ou connaissait peu. Certes, la « description » de Saumur est tellement minimaliste qu'elle confine à l'abstraction et Balzac ne risquait guère de se voir démenti. On n'aperçoit rien, rien en tout cas qui soit propre à ce lieu entre tous. Quiconque, *Eugénie Grandet* à la main, essaierait de se repérer sur place y perdrait aussitôt son latin. Rien n'empêchait Balzac de situer son roman dans un cadre plus familier. Il faut donc, comme le fait très pertinemment N. Mozet, renverser la perspective, et dire que si Balzac, qui n'est que trop célèbre pour ses descriptions implacables, ne décrit à peu près pas Saumur, ce n'est pas parce qu'il la connaît mal, mais au contraire parce qu'il choisit cette ville justement pour être dispensé de la décrire : « l'étonnante inexistence topographique et toponymique de la ville de Saumur dans *Eugénie Grandet* ne doit donc en aucun cas être présentée comme un manque, mais comme une nécessité textuelle[1] ». Saumur pourrait donc être une autre ville, à la limite n'importe laquelle, pourvu qu'elle fût provinciale. Car d'emblée, dès l'incipit, c'est ce qui la définit dans son caractère emblématique : les quelques notations « réalistes » qui font mine de l'individualiser ne renvoient en fait qu'à une *idée* — l'idée balzacienne de la province en soi, non pas le provincialisme (qui est un trait psychologique), mais ce qu'il faudrait pouvoir appeler la « provincialité », ou mieux la « provincialitude » (qui sont des essences).

1. *Ibid.*, p. 68.

PROVINCIALES

L'évocation (plus que description) de Saumur, lestée d'idéologie et de fantasme plus que d'observation concrète (et pour cause), convie le lecteur, supposé parisien, à une véritable exploration ethnographique conduite au fil d'un travelling focalisant peu à peu sur son objectif, selon la technique très cinématographique dont le début du *Rouge et le Noir*, trois ans plus tôt, avait proposé le modèle. Il faut restituer tout ce qu'a

« A Maria — Que votre nom, vous dont le portrait est le plus bel ornement de cet ouvrage, soit ici comme une branche de buis bénit, prise on ne sait à quel arbre, mais certainement sanctifiée par la religion et renouvelée, toujours verte, par des mains pieuses, pour protéger la maison. »
Maria du Fresnay, « modèle » de l'Eugénie Grandet de Balzac. Musée Balzac, Paris. Ph. Musées de la Ville de Paris © S.P.A.D.E.M., 1992.

d'exotique, de profondément dépaysante, d'étrange radicalement cette immersion progressive dans un décor dont le pittoresque d'« antiquaire » ne saurait dissimuler le malaise foncier qu'il dégage pour qui n'est pas provincial. La province n'est pas seulement un autre pays, c'est un pays *autre*, qui n'obéit pas aux lois de la capitale, sécrète ses propres valeurs et plie à ses codes immémoriaux.

Dans le diptyque fouillé que la Balzacie — comme disait Roger Nimier — n'a cessé de mettre en place par son analyse systématique du face-à-face obligé et impossible entre Paris et la province, l'une de ses grandes originalités est d'avoir compris (et sans doute pour la première fois) qu'il ne s'agit pas là simplement d'entités topographiques, mais aussi et peut-être surtout de modes antagonistes de la temporalité. À Paris, le temps vibrionne, il est haché, dynamique, intensément parcouru d'impulsions, remous puissants, élans pluriels, projets foisonnants, entrechoquement infini de houles en liberté. Le temps est une force qui va, en haletant, avec une effervescence spectaculaire, dans le grand tumulte des désirs, vomis comme lave en fusion. Ce n'est pas prétendre qu'*a contrario* la province ignore cette ardente convoitise qui se nourrit du temps (*Eugénie Grandet* est là pour prouver le contraire), mais elle en use tout autrement. Au bouillonnement elle oppose la sédimentation, à l'agitation de

surface un *lisse* trompeur. On pourrait dire de la province ce que Barbey d'Aurevilly (grand admirateur de Balzac s'il en fut) dira de ses *Diaboliques* : tout y porte *en dedans*, s'y intériorise à des profondeurs vertigineuses qui ne laissent rien deviner à l'œil superficiel. C'est d'abord cela, la province : un univers apparemment calme et mécanique, qui cèle sous ses dehors léthargiques des capacités éruptives insoupçonnées. Le temps s'y distille goutte à goutte avec une lenteur d'élixir, dans la répétition immuable, ritualisée : ce n'est pas pour rien que la première image du roman est celle du cloître, où les heures sont réglées par et pour l'éternité. À Paris, le temps n'a pas le temps de « prendre » : atomisé, pulvérulent, chaotique, hystérisé comme par des mouvements browniens, traversé à chaque instant d'influx contraires, parce que aux ordres de l'anarchie des pulsions, il ne parvient pas à s'homogénéiser en une substance étale
En province, le temps semble immobile et figé, imperturbablement itératif ; de vastes manœuvres se déploient, mais dans les grands fonds, hors de toute atteinte. Il y a du reste un violent paradoxe à ce que les secrets de la province demeurent inconnaissables alors qu'on y vit en public, sous l'espionnage le plus minutieux : tout y est sans mystère, et pourtant impénétrable (p. 22). « Si tout arrive à Paris, tout passe en province : là, ni relief ni saillie ; mais là, des drames

dans le silence ; là, des mystères habilement dissimulés ; là, des dénouements dans un seul mot ; là, d'énormes valeurs prêtées par le calcul et l'analyse aux actions les plus indifférentes... » (Préface de 1833, p. 237). On a pu dire[1] qu'un demi-siècle de roman européen est inscrit dans ce programme (mais cette veine s'est en fait poursuivie bien plus longtemps, et se perpétue encore aujourd'hui). Balzac est parfaitement conscient d'être un défricheur dans cette auscultation de phénomènes dont il pressent qu'ils vont, à plus ou moins brève échéance, perdre leur singularité par suite du nivellement centralisateur et de l'attraction mimétique de Paris sur le pays profond, et regrette qu'aucun « poète » ne semble s'y être intéressé. Il sera le pionnier de cette poétique-là, et il insiste, avec des accents qui sentent presque le manifeste, sur les difficultés inouïes à surmonter, dans ces études microscopiques, pour arriver à rendre les subtilités de ces vies discrètes, si riches à qui sait voir sous leur monotonie extérieure ; et, ce faisant, il sait qu'il met la main sur un filon d'une incomparable fécondité.

Le côté « musée » de la ville de province (quiconque remonte la rue conduisant chez Grandet a l'impression de passer en revue l'histoire de France, p. 20), ou « conservatoire des arts et traditions populaires », qui s'y maintiennent inaltérés, a pour effet de jeter l'esprit du voya-

1. Maurice Bardèche, *Balzac romancier*, p. 330.

geur dans ce que Balzac appelle une « rêverie machinale » (p. 22), aux couleurs assez sombres ; à la sensation désagréable de la noirceur des vieux bâtiments s'ajoute le flottement somnambulique de qui se sent déconnecté d'avec l'évidence, l'urgence du présent, dans une atmosphère placée d'emblée sous un signe morbide, celui de la *mélancolie* par laquelle, dès la deuxième ligne d'*Eugénie Grandet*, s'annonce la tonalité endeuillée d'un monde en dehors de la vitalité du temps, suspendu dans une sorte d'absence exsangue, et même marqué d'une spectrale irréalité. S'enfoncer dans le rêve éveillé de la province, ce n'est pas tant peut-être revenir en arrière dans le film de la durée, que passer brusquement *de l'autre côté* : lorsque, à propos de Saumur, Balzac évoque couvents, landes, ruines, tout un arsenal « gothique » destiné à créer d'entrée de jeu un climat de désolation où pourraient s'épanouir les fleurs maladives de ce que Freud appellera l'*Unheimlich*[1], lorsqu'il évoque les habitants, au regard « pâle et froid » qui considèrent avec une fixité fantomatique l'étranger dont les pas font résonner les pavés, creusant un vide sépulcral et quasi onirique (p. 19), il introduit dès les premières notes de l'ouverture un thème d'outre-tombe, un motif funèbre et peut-être même vampirique, qui annonce de curieux échos (Grandet vampirisera Saumur, ce qui fait de lui une métaphore de l'espace provincial,

1. L'inquiétante étrangeté.

lequel, sauf exception qui confirme la règle, est toujours donné comme suceur d'énergie et profondément débilitant). La ville de province épuise à force de non-vie végétative, comme Paris épuise à force d'éréthisme et d'hyperactivité : Balzac n'a cessé d'être obsédé par l'insoluble problème de la gestion tempérée du désir, fatalement condamné à osciller entre le trop et le trop peu. Il est clair qu'il a voulu constituer Saumur comme un *no man's land* limbaire où des morts vivants s'étiolent dans un horizon entropique, voués à répéter sans cesse les mêmes gestes étriqués, les mêmes mesquines pensées, les mêmes maigres envies, et affichant un déficit d'être congénital, une incurable chlorose ontologique.

Pour abriter l'existence stagnante du quatuor Grandet (incluons-y bien entendu Nanon), Balzac décline tous les modes du suintant, du verdâtre, du dégradé, du carcéral. Que la maison s'adosse à des ruines, c'est presque un programme. Sa grille, son judas, sa porte desséchée et fendue, gardée par un molosse, tout dans son abord déprime, on y sent tomber sur ses épaules une chape glacée de vieillesse et de tristesse. La salle à tout faire s'encombre de meubles dépareillés, dont le trait commun est l'usure ; Balzac excelle à incarner en des objets le destin des familles, à déchiffrer les romans dont témoignent ces épaves, rejetées par des rêves depuis longtemps coulés. Tout ici (y compris ceux qui y viennent en visite : au-delà de leur inimitié, Cruchotins et Grassinistes se rejoignent dans le même racornissement défraîchi, p. 55) semble fatigué, fané, déteint, jauni, piqué de chiures de mouches. Les seuls éléments quelque peu luxueux proviennent de l'occupant précédent, un noble, dédoré comme le baromètre. Dans ce décor passé, la vie, dirait-on, n'offre pas d'autre vocation que de se survivre avec une régularité exténuée, à l'écart de toute visitation exogène. Depuis quinze ans, elle est seulement rythmée par le passage de la mère et de la fille de la fenêtre (1er avril-31 octobre) à la cheminée (1er novembre-31 mars), selon une alternance tellement stricte et intangible que sa légitimité semble s'originer en ces régions où l'arbitraire de la méticulosité bureaucratique se confond avec les décrets du sacré. Jusque dans les moindres détails, la maison Grandet obéit à des protocoles extraordinairement pointilleux — « Voilà l'ordre » (p. 67) — qui ne laissent aucune marge à l'improvisation ou à l'innovation, ressenties comme le mal absolu. Il s'agit de quadriller le temps, de le ligoter dans un réseau si serré d'habitudes qu'il finit par ne plus se distinguer d'une sorte d'« ordre des choses » fatalistement accepté comme une nature, et dont on est même devenu incapable d'imaginer qu'il pût être différent. C'est cela, la province : l'enlisement dans une routine qui ne vise à rien de moins qu'à vaincre l'imprévisibilité de l'instant, à se rassurer en programmant chaque attitude, chaque circonstance, à les répéter inépuisablement dans un rabâchage à la fois stupide et profondément philosophique, puisqu'on peut tout aussi bien y lire une défaite radicale de la pensée vivante qu'une volonté sublime de nier l'accidentel et d'inscrire l'éternité dans le temps.

En province, la devise est : *semper idem*. Nanon est « conservée comme dans la saumure » (p. 193). À force de mariner à Saumur, c'est bien le moins[1].

1. Jean Ricardou, *Nouveaux problèmes du roman*, Seuil, 1978 (p. 74).

II L'OR

À cette immuabilité imbécile ou grandiose professée par la province en général, s'ajoute chez les Grandet quelque chose de tout à fait spécifique, qui tient à la personnalité du maître de céans et à sa relation maniaque avec l'argent. Comme l'argent peut éminemment se faire instrument d'affranchissement, ouvrir la voie à toutes les fantaisies, aux caprices, se prêter docilement à la réalisation des folies du désir, il importe au plus haut point d'en neutraliser les ravages potentiels en l'éliminant au maximum de l'horizon, comme la tentation la plus dangereuse. La province est pingre par définition, par terreur de l'incontrôlé, amour frileux de la limite ; mais cette rétention s'aggrave chez Grandet du fait de son idiosyncrasie violemment fixée sur l'argent lui-même. Il faut néanmoins remarquer qu'il n'est si impitoyablement parcimonieux dans la distribution de la chandelle et des aliments (n'allouant que le minimum, calculé au plus juste, et jusqu'à calibrer les morceaux de sucre, pour assurer l'entretien biologique), que parce que tout en lui, paradoxalement, aspire à l'expansion. Il ne serre inexorablement les cordons de la bourse que parce qu'il fantasme de l'élargir indéfiniment.

QUE GRANDET N'EST PAS HARPAGON

Balzac a peut-être involontairement contribué à orienter la lecture de Grandet dans une direction sujette à caution, lorsqu'il a déclaré que son roman avait été pour lui « une lutte insensée avec l'Harpagon de Molière[1] ». Sans doute inévitable, la référence se révèle grosse d'équivoques, et même de contresens. Que Balzac ait écrit Grandet sur fond moliéresque, c'est l'évidence, et on n'aurait guère de mal à établir entre les deux œuvres des points de contact (M. Bardèche, qui a étudié de près la question[2], en vient à dire que si, de part et d'autre, on voit des pères maudire leurs enfants, ce n'est pas du tout que Balzac

1. *Correspondance*, Garnier, t. IV, 1966 (p. 665).

2. M. Bardèche, *op. cit.*, pp. 302-306. Cf. l'extrait cité dans l'*Anthologie critique*.

Portrait de Balzac par Louis Boulanger. Lavis à la sépia, non signé, vers 1830.
Musée des Beaux-Arts, Tours. Ph. © Bulloz.

« imite » Molière, mais qu'à l'inverse la logique des passions amène Molière à des situations déjà toutes balzaciennes). Molière avait fixé un type, qui semblait indépassable, absolu et définitif : non pas un avare, mais l'Avare *in se*, concentrant tous les traits de l'Avarice comme entité archétypique. Camper un autre avare après lui pouvait passer pour une entreprise vouée à l'échec, dans la mesure où c'était s'exposer fatalement à des comparaisons avec un modèle exemplaire. Que Balzac ait eu, de manière aiguë, conscience du péril, on en relève une trace dans le manuscrit, où l'on a observé qu'il a, presque partout, biffé le mot « avare », d'abord venu sous sa plume, pour le remplacer par quelque périphrase évoquant, le plus souvent, non pas un caractère, mais une condition[1]. Tout se passe donc comme si Grandet, avare indubitablement, ne devait pourtant pas, aux yeux de Balzac, ressortir à la même catégorie que l'Avare tel que Molière l'avait, une fois pour toutes, semblait-il, exposé et analysé.

Grandet doit s'envisager, bien sûr, avec ses lointaines racines harpagonesques, mais bien plutôt *contre* elles : car il est clair qu'au-delà de certaines similitudes de comportement, certaines analogies de circonstances, ce qui l'éloigne d'Harpagon est en fin de compte beaucoup plus déterminant et essentiel que ce qui l'en rapproche. Pour le mettre en lumière, il faut restituer le

1. P-G. Castex, « L'ascension de M. Grandet », in *Horizons romantiques*, p. 111.

mouvement irrésistible de son ascension, et précisément commencer par saisir que ce sur quoi Balzac veut placer l'accent, c'est une dynamique, un processus de conquête continue, dont nous accompagnerons le développement depuis ses débuts relativement modestes jusqu'à son triomphe incontesté. Cette vectorisation d'une trajectoire vivante, rendue dans son élan prédateur, est quelque chose qui reste profondément étranger au personnage de Molière, donné dans l'immobilité d'une « nature » éternelle, et que nous voyons gardien sourcilleux de sa fortune plus que préoccupé de l'augmenter (quoiqu'il pratique l'usure à gros intérêts et reproche à son fils de ne pas savoir placer avantageusement son argent). Il va de soi que les contraintes propres au genre dramatique comme il était codifié au XVIIe siècle empêchaient la comédie d'intégrer cette dimension capitale qui sera l'apanage du roman : le déroulement du temps. (Dès 1835, il y eut néanmoins une adaptation théâtrale d'*Eugénie Grandet*, que Balzac a vue ; et lui-même, en 1838, évoquera le projet d'une version pour le Théâtre-Français, projet qui n'aboutira pas. On remarquera au passage que le roman offre plusieurs grandes « scènes » dialoguées prêtes à monter sur les planches.) Harpagon nous est montré tout formé, sans évolution de son avoir ni de son être. Pendant cinq actes il ne bouge pas, il demeure tel qu'en lui-même, nous ne savons rien de sa préhistoire, et tout ce que nous pouvons augurer de son avenir, c'est qu'il continuera imperturbablement à veiller sur sa cassette. Harpagon conserve ce qu'il a ; Grandet, lui, acquiert : et l'important pour lui n'est pas tant de dépenser le moins possible, comme son prédécesseur (ce qui va de soi), que de multiplier sans cesse son capital — ce qui change tout.

On verra en ceci un signe de cette différence fondamentale de perspective, l'une fixiste, comme en coupe synchronique, l'autre profondément impliquée dans l'avancée, la coulée durative : Harpagon n'a jamais été et ne sera jamais nommé autrement qu'« Harpagon », *sub specie aeternitatis*, tandis que, du « père Grandet » au « bonhomme Grandet », pour aboutir à « Monsieur Grandet », le personnage balzacien se promeut inéluctablement, au fil d'un crescendo économique que rien ne semble devoir arrêter, et que rien n'arrêtera en effet. Son statut ne cesse de se valoriser à proportion de son capital. Ils gonflent simultanément. Ce qui suffirait à faire de l'avare balzacien une création infiniment plus complexe que son congénère du théâtre, c'est que nous sont livrées, en quelque sorte, la généalogie, les archives de sa fortune et de sa cupidité, que nous les considérons *in progress*.

Grandet n'est pas parti de rien. C'est un manuel, il a été ouvrier et c'est une origine qu'il ne renie pas (il réparera lui-même la marche branlante de son escalier, il n'a sûrement pas honte d'avoir été vu dans les rues de Saumur la doloire à la main, et jusque dans son éclatante réussite d'homme « arrivé » — ou parvenu — il ne rougira pas de ce contact premier avec le matériau brut dont on fait les tonneaux, avant d'être en mesure de posséder le vin dont on les remplit : l'un des nerfs de sa force, c'est qu'il ignore la mauvaise conscience, qu'il assume toutes les phases de sa vie avec une robuste fierté, et qu'il coïncide sereinement avec tous les moments de son ascension, y compris ses humbles commencements). Dès avant la Révolution, il a pu fonder sa propre entreprise, et c'est lui qui emploie des ouvriers : il a dû travailler dur pour en arriver là, et certains auraient pu se contenter de ce succès déjà beau. Mais Grandet n'est pas un analphabète : il est instruit, il se sait suffisamment astucieux et capable pour aller plus loin, plus haut. Il a eu l'intelligence d'attendre de se marier tard, pour être à même de prétendre à un meilleur parti : épousant la fille d'un riche marchand de planches, il contracte des noces de bois à la fois logiques (le destin naturel des planches n'est-il pas de s'arrondir en tonneaux ?) et puissamment rentables. Avec quarante mille francs, il a alors le talent de saisir aux cheveux l'occasion historique d'acheter de la terre en acquérant un domaine ecclésiastique vendu comme bien national : cet achat s'opère de manière douteuse, « légale sinon légitime », en ce sens que Grandet offre un « pot-de-vin » (c'est le cas ou jamais de le dire) au « farouche républicain » (!) chargé de veiller à la régularité de la transaction. Il y a donc une coquinerie au cœur de l'opération décisive par laquelle un honnête maître tonnelier à son aise profite du coup de hanche de la vague révolutionnaire pour donner à sa fortune une nouvelle dimension.

Balzac explique lumineusement que cet acte ne signifie nullement que Grandet a adopté la cause de la Révolution : il a simplement vu de quel côté il fallait aller pour tirer avantage des événements. Grandet, c'est évident, n'a aucune idéologie ; l'argent n'a pas d'opinion. S'il s'oppose à la vente des biens des émigrés, ce n'est pas que ce prétendu jacobin défende l'ancien régime : c'est qu'il veut éviter l'émiettement des grandes propriétés sur lesquelles, plus tard, il pourrait avoir des vues et, tenant deux fers au feu, il se fait aussi bien voir de ceux qui reviendront peut-être un jour... Dans une époque d'inflation galopante et d'assignats aussitôt dévalués qu'émis, il exige d'être payé en terre (dont il a compris, déjà, que seule elle ne ment pas !) de ses fournitures à l'armée. Devenu un notable, cet excellent maire ne croit pas abuser de ses prérogatives municipales en faisant aménager (comme plus tard son hautain collègue

M. de Rénal dans *Le Rouge et le Noir*), dans l'intérêt de la commune bien entendu, de commodes chemins desservant ses propriétés, et en se rendant lui-même bénéficiaire d'un cadastre avantageux pour les impôts... Sa disgrâce administrative sous Napoléon n'entrave en rien la marche triomphale. Intervient alors la part du hasard (d'un hasard soigneusement programmé dans le choix de son épouse) : une cascade d'héritages juteux qui mettent Félix le bien prénommé en position d'atteindre ce qui constitue (provisoirement) le point culminant de sa carrière : l'achat du domaine de Froidfond. Il y a évidemment quelque chose de symbolique dans cette véritable passation de pouvoirs, cette relève de classes entre une aristocratie rurale en difficultés et une bourgeoisie d'extraction artisanale que la Révolution a confortée et qui se sent pousser des ailes. On ne s'étonnera pas qu'à Saumur Grandet habite l'ancien hôtel d'un noble. On ne s'étonnera pas non plus qu'il soit totalement indemne de ce prurit de la particule qui tracasse si fort le président Cruchot, tellement anxieux de passer graduellement à président Cruchot de Bonfons, puis C. de Bonfons, pour parvenir un jour à l'apothéose : président de Bonfons, Cruchot étant définitivement raturé. Grandet n'a cure de ces savonnettes à vilains, il méprise les hochets, les gratifications imaginaires, parce qu'il sait qu'il a le

« Dès que la République française mit en vente, dans l'arrondissement de Saumur, les biens du clergé, le tonnelier, alors âgé de 40 ans, venait d'épouser la fille d'un riche marchand de planches. »
Restitution des biens du clergé, 1790. Gravure. Bibliothèque nationale, Paris. Ph. © Bibl. nat.

solide, que le pouvoir est de son côté, que les nouveaux seigneurs, ce sont des gens comme lui.

On voit donc dans la fortune de Grandet la conjonction de plusieurs facteurs : essentiellement le moment de l'Histoire, parfaitement compris et utilisé, et aussi, bien entendu, une indiscutable, une admirable compétence technique, une sagacité professionnelle sans pareille, qui gagne à tous les coups, au prix au besoin de la trahison (par exemple lorsqu'en ignorant les engagements collectifs de la corporation, il vend son vin aux Hollandais et casse ainsi le marché de ses concurrents, pp. 125-126), et parce qu'elle s'appuie sur ce luxe suprême que constitue la disponibilité permanente des capitaux, laquelle permet, quand il le faut, de savoir attendre, et offre une marge de manœuvre qui fait toute la différence avec les confrères[1]. À l'intuition météorologique (essentielle dans un commerce qui dépend entièrement des caprices du temps qu'il fait) et à la maîtrise souveraine de la logistique (la production et la vente doivent se moduler en fonction du temps qui passe) s'ajoute ce qui constitue bien, au fond, le noyau moteur du personnage : un appétit inassouvissable de posséder toujours plus, dans lequel Balzac nous donne à lire, exacerbée, la poussée même de tout un milieu, de toute une génération, de tout un siècle. Que cette trajectoire, où s'imprime la trace de trente ans d'his-

1. P. Barbéris, *Le Monde de Balzac*, Arthaud, 1973 (p. 247).

toire de France dans un département viticole[1], vaille aussi, *mutatis mutandis*, pour d'autres individus, d'autres époques, d'autres lieux, c'est bien clair, et l'on a pu s'amuser à extrapoler ce qu'aurait pu être un Grandet de notre temps.

1. M. Bardèche, *Balzac*, p. 256.

« Nous l'imaginons volontiers, au XXᵉ siècle, enrichi par la collaboration avec les Allemands, mais assez habile pour rendre à la Résistance des services dont il se prévaut pour occuper, à la Libération, une situation dominante. Une fois parvenu dans les hautes sphères de la société, il accroît démesurément sa fortune en profitant des hausses boursières qui se sont produites de façon presque ininterrompue pendant plusieurs années ; mais vers l'année 1960, au bon moment, il vend ses titres ; à l'inverse du Grandet de 1820, qui a vécu en propriétaire foncier et qui découvre ensuite les ressources des valeurs mobilières, il investit ses bénéfices de Bourse en achetant des terrains dans des régions encore méconnues et dont il devine le prochain essor touristique ou industriel[2]. »

2. P-G. Castex, *loc. cit.*, pp. 124-125.

Que Grandet soit un avare essentiellement *moderne*, c'est-à-dire qu'il ait assimilé cette immense vérité « que l'argent qui dort est de l'argent qui perd[3] », on le confirme par l'exemple *a contrario* des parents de Mme Grandet, avares passionnés mais archaïques, qui trouvent plus de satisfactions à contempler leur or qu'à le faire fructifier, et appellent « un placement une prodigalité » (p. 24). C'est la sottise de Fafner, le dragon-cer-

3. P. Barbéris, *op. cit.*, p. 243.

bère de l'or du Rhin chez Wagner, qui se contente de somnoler sur son magot, à jouir béatement et passivement de sa possession. Balzac nous précise que Grandet dort peu (p. 109) : indication non gratuite (par définition, rien de gratuit chez Grandet...). Il veille non pas, comme Harpagon, parce qu'il a peur qu'on le dérobe, mais parce qu'il suppute les prochains coups qui l'enrichiront.

Taine a vu en Grandet un « Harpagon retourné[1] ». La formule est juste et on la complétera par celle d'Alain, souvent citée, et très pertinente : « Grandet n'est pas un avare, c'est un homme qui sait gagner de l'argent. » Et qui, pour en gagner davantage encore, est capable d'opérer ce saut intellectuel capital (c'est bien le mot) consistant à « concevoir la rente » (p. 163), pour laquelle les provinciaux éprouvent pourtant spontanément une invincible répugnance, c'est-à-dire à accomplir un énorme détour par l'abstraction, particulièrement impressionnant chez quelqu'un comme lui qui reste si marqué par le concret des choses, qui aime tant le maniement physique de ses pièces d'or : sa décision de porter son argent à Nantes pour acheter au moment propice des valeurs sur l'État est un acte qui montre qu'il a compris et maîtrisé de nouveaux mécanismes spéculatifs extrêmement féconds (il va faire un bénéfice de 50 % sans avoir fourni aucun travail productif), typiques de la

1. *Nouveaux essais de critique et d'histoire*, Hachette, 1901 (p. 70) ; article du *Journal des Débats* de mars 1858.

modernité. Il accepte de se dessaisir de la présence réelle (imagine-t-on Harpagon sans sa cassette ?), pour des profits invisibles et ultérieurs, médiatisés par du papier. Grandet n'a donc rien à voir avec l'avare primaire, qui thésaurise stérilement pour thésauriser ; c'est un investisseur dans l'âme, qui aime prendre des risques, remet sans arrêt des fonds dans le circuit, mise, fait travailler l'argent et ne le laisse jamais reposer. La seule préoccupation d'Harpagon était restrictive : ne rien laisser perdre. La seule préoccupation de Grandet est de dilatation : tout obtenir. C'est la même chose — et tout le contraire aussi.

POÉTIQUE DU DÉSIR

Il faut pourtant nuancer. Deux mouvements coexistent en fait chez Grandet : l'un d'appropriation impérialiste, l'autre de contemplation extatique, qui, loin de se contredire, se renforcent mutuellement. L'extraversion offensive et l'introversion rêveuse se nourrissent l'une de l'autre. Centrifuge par son insatiabilité qui lui propose toujours de nouveaux horizons à annexer, le désir de Grandet reste aussi foncièrement centripète, dans la mesure où c'est toujours à lui, et à lui seul, qu'il s'agit de ramener le profit, pour son intime délectation. Grandet est à la fois avare et usurier : usurier quand il spécule pour s'enrichir, avare quand il s'enferme pour jouir de son or. Ouverture/fermeture, diastole/systole : alternance qui est celle-là même de la vie, et ne saurait étonner, puisque l'or est clairement vécu par Grandet comme une substance vitale, mieux vaudrait dire *la* substance vitale unique et suprême, le sang profond de l'existence. Pour lui, pièces d'or, hollandaises, portugaises, roupies du Mogol et autres génovines, dont il égrène la litanie avec une dévote volupté, ne sont pas simplement des objets précieux, mais bien des *êtres*, dans toute l'acception du terme, et d'une présence infiniment plus vraie pour lui que celle des personnes dont il est entouré. Grandet ne se comprend que dans cet émerveillement inépuisable et toujours neuf qui est le sien devant le miracle de la puissance de l'or, sa prodigieuse fécondité, dans la méditation infinie de « ces mystères de vie et de mort pour les écus » (p. 166) dont il essaie en vain de faire partager l'émotion quasi sacrée à Eugénie ; car pour lui, aucun doute : « les écus vivent et grouillent comme des hommes : ça va, ça *vient*, ça sue, ça produit » (*ibid.*). Inutile d'avoir lu Freud pour restituer au pronom neutre toute sa charge intensément pulsionnelle. Lorsque, à la fin, sa personnalité, privée de sa dimension expansive, s'est, contrairement à sa personne, appauvrie, et qu'il n'est plus qu'une sorte d'Harpagon *bis*, ravagé par le cancer d'une idée dominante (regarder l'or, le posséder — au sens le plus érotique — par les yeux, dans une orgie de voyeurisme éperdu), il n'y a que l'or qui puisse lui rendre un peu d'ardeur physiologique : « Ça me réchauffe ! disait-il quelquefois en laissant paraître sur sa figure une expression de béatitude » (p. 191). Que l'argent, apparemment inerte, recèle en lui de vertigineuses vertus régénératrices, parce que, sperme et ventre à la fois, il est capable de croître et de multiplier selon la loi exponentielle d'une générosité séminale, c'est ce que donne bien à entendre ce texte de Benjamin Franklin, tout vibrant d'un solennel et biblique enthousiasme : « Rappelle-toi que la puissance génitale et la fécondité appartiennent à l'argent. L'argent engendre l'argent, et les rejetons peuvent engendrer à leur tour et ainsi de suite. Cinq shillings se changeront en six puis en sept shillings trois pence et ainsi de suite jusqu'à devenir une livre sterling. L'argent produit d'autant plus qu'il y en a davantage, de telle sorte que le profit croît de plus en plus vite. Celui qui tue une truie anéantit sa descendance jusqu'au millier. Celui qui tue une pièce de cinq shillings assassine tout ce qu'elle aurait pu produire : des colonnes entières de livres sterling[1]. »

Terreur religieuse devant ce meurtre qui s'en prend, dans sa virtualité même, à la vie non encore née, toute frémissante du désir d'advenir... Affreux, criminel avortement qui atteint les sources mêmes

1. Cité par Georges Bataille, in *La Part maudite*, Seuil, « Points », 1971 (p. 177).

BIENS NATIONAUX A VENDRE.

OBJETS.	SITUATION.	LOCATAIRES.	PRODUITS DES BAUX.	ESTIMATIONS.	ORIGINE.
Pavillon et Terrain.	Rue des Boulets, n° 7.	Veuve Calart.	1,800 l. s.	15,000 l. s. d.	Religieuses de Trainel.
Petite Maison et Jardin	Rue de Montreuil, n° 55.	Vacossin.	900	7,500	Religieuses de Saint-Bernard.
Terrain clos de murs	Rue des Boulets, n° 17.	Marcès.	600	5,600	Religieuses de Trainel.
Maison.	Rue de la Mortellerie, n° 13.	Rathery.	1,721 6	29,000	Religieuses de l'Assomption Saint-Honoré.
Maison et dépendances.	Même rue, dite les cinq Pigeons	Veuve Poulain.	1,125	15,000	
Idem.	Rue des Blancs-Manteaux.	Veuve Séguin.	800	15,000	
Maisons et dépendances.	Idem, n° 63.	Vialot.	800	15,000	Religieux Blancs-Manteaux.
Idem.	Idem, n° 64.	Lambert.	800	14,500	
Idem.	Rue des Billettes, n°s 4 et 5.	Picart.	1,336	20,000	Carmes Billettes.
Idem.	Rue Jean-Pain-mollet, n° 14.	Veuve Bombardie.	900	15,730	
Maisons.	Rue la Mortellerie, n°s 2 et 175.	Gilbert.	2,000	33,000	Religieuses de l'Assomption Saint-Honoré.
Maisons et dépendances.	Rue du Martoy, n° 6.	Pimpaneau.	1,050	34,000	
Maisons et dépendances.	Rue de la Mortellerie, n° 4	Rathery.	2,600	21,000	
Idem.	Idem, n° 5.	Rathery.	8,382	23,000	
Maison.	Rue du Regard, Faub. S. Germ.	M. le prince de Croy.	8,382	147,270	
Idem.	Idem.	L'archevêque de Cambray.	859	127,900	Carmes du Luxembourg.
Idem.	Idem.	Macmahon.	2,480.	87,890	
Terrain.	Idem.	Faisant partie de la location de M. Macmahon, et qu'il loue à M. Bourdon.			
Maison.	Quai des Augustins.	Lamel.	. . . . .	26,381	
Idem.	Idem.	Couturier.	1,612	25,270	
Idem.	Idem.	Royez.	1,600	17,200	
Maison	Au coin de la rue Dauphine, n° 1.	Lefebvre.	2,100	21,700	
Idem.	Rue Dauphine, n° 112.	Bleuet.	1,600	27,000	
Idem.	Idem, n° 113.	Rousseau.	1,700	29,000	
Idem	Idem, n° 114.	Dapestigny.	. . . . .	28,400	
Idem.	Idem, n° 115.	Pasquier.	1,718 16	28,300	Grands-Augustins.
Idem.	Idem, n° 116.	Didot.	1,430	27,800	
Idem.	Idem, n° 117.	Nollet.	1,555	26,800	
Idem.	Idem, n° 118.	Pasquier.	1,458	17,100	
Idem.	Idem, n° 119.	Renard.	1,900	24,200	
Maison.	Id. coin du quai Conty, n° 120	Fagerolles.	2,700	36,750	
Idem.	Petite rue de Nevers.	Carnicolle.	1,425	17,000	
Idem.	Idem.	Pasquier.	1,270	18,200	
Idem.	Idem.	Nollet.	. . . . .	10,600	
Idem.	Idem.	[illegible]	918	9,400	
Idem.	Rue de Bussy.	Villard, Charité et veuve Hervieux.	6,430	86,600	Abbaye S. Germain-des-Prés.
Maison.	Rue de la Bourbe.	Veuve Riffardeau.	1,400	25,647	Carmelites.
Idem.	Place Saint-Michel, n° 93.	Phelippon et Trumeau.	2,800	42,879 19 8	Jacobins.
Idem.	Rue du Foin Saint-Jacques.	Beaudoin.	. . . . .	32,226 7 4	Mathurins.
Idem.	Rue d'Enfer, n° 154.	Dubois.	. . . . .	27,039 10	Feuillans, rue d'Enfer.
Idem.	Idem, n° 159.	Deravé.	2,400	35,410	
Hôtel de la Michaudière.	Idem.	Mircheck.	6,700	104,215	Chartreux.
Maison et dépendances.	Rue Saint-Jacques, n° 145.	Girard.	1,700	22,667	
Idem.	Idem, numérotées 143 et 144.	Besançon et Birot.	1,900	25,334	
Idem.	Idem, numérotées 141 et 142.	Veuve Belvausse.	1,500	28,667	Jacobins.
Idem.	Idem, num. 137, 138, 139, 140.	Desquinemard et autres	2,400	40,544	
Idem.	Idem, numérotées 135 et 136.	Cazet et Desquinemard.	1,300	28,100	
Maison.	Rue de Vaugirard, n° 141.	Veuve Saint-Germain.	1,403	17,100	
Idem.	Idem, n° 142.	De Vouglans.	1,000	14,675	Religieuses du Petit-Calvaire.
Idem.	Idem, n° 144.	L'Evêque de Périgueux.	3,560 16	47,500	
Maison.	Rue Cassette, n° 23.	Deboise.	4,000	66,583	Religieuses du Précieux Sang.
Idem.	Rue et Cloître des Bernardins.	Lambert et autres.	. . . . .	15,500	
Idem.	Idem.	Liédot.	. . . . .	14,500	
Idem.	Idem.	Fumée.	1,800	22,000	Bernardins.
Terrain.	Idem.	Fumée, en partie.	. . . . .	1,725	
Maison.	Idem.	Thétion.	1,627	26,000	
Idem.	Idem.	Liédot.	. . . . .	10,500	
Id. et grand Terrain Chantier de la grande Forêt.	Quai Saint-Bernard, au coin de la rue de Seine.	Sergent.	. . . . .	45,000	
Id. Chantier des Armes de France.	Idem.	Lemire.	. . . . .	27,000	Religieuses Miramionnes.
Maison et Terrain faisant partie du Chantier des Armes de France.	Quai Saint-Bernard.	Veuve Blanchet.	. . . . .	2,600	

Instruction relative à la vente des Biens Nationaux, d'après les décrets de l'Assemblée nationale, rendus les 14 mai, 25, 26 et 29 Juin 1790, et sanctionnés les 17 mai et 9 Juillet derniers.

Les biens vendus seront francs de toutes rentes, redevances ou prestations foncières, lods et ventes, et généralement de tous les droits seigneuriaux qui ont été déclarés rachetables par les décrets des 4 août 1789 et 15 mars 1790.

Les offres, pour acquérir, *ne pourront pas être moindres que le prix fixé par l'estimation*, et devront être faites à la municipalité de Paris, à l'Hôtel de Ville.

Le lieu, le jour et l'heure auxquels les enchères pourront être reçues publiquement, seront indiqués par des affiches.

Il y aura quinze jours d'intervalle entre la première et la seconde enchère; et, un mois après la seconde, il sera procédé à l'adjudication définitive : les jours seront indiqués par des affiches, où le montant de la dernière enchère sera mentionné.

Les adjudications définitives seront faites à la diligence du procureur-syndic, et en présence de deux commissaires de la municipalité, à la chaleur des enchères et à l'extinction des feux.

Dans la quinzaine de l'adjudication, les acquéreurs des maisons et emplacemens payeront 20 pour cent, ou le cinquième du prix de l'acquisition, à la caisse de la municipalité.

Le surplus sera divisé en douze annuités égales, payables en douze ans, d'année en année, dans lesquelles sera compris l'intérêt d[u] capital, à 5 pour cent sans retenue.

Pourront néanmoins les acquéreurs accélérer leur libération pa[r] des payemens plus considérables et plus rapprochés, ou même e[n] totalité, aux termes des décrets.

Les acquéreurs n'entreront en possession réelle qu'après avoi[r] effectué le premier payement, qui ne pourra être fait qu'en argen[t] ou en assignats.

Au surplus, les autres conditions de l'adjudication seront énon-cées dans les procès-verbaux d'enchère.

AVERTISSEMENT.

Les personnes qui voudront acquérir les biens désignés dans l[e] tableau ci-dessus, sont averties de se présenter incessamment a[u] bureau de l'agence des biens nationaux à l'hôtel de ville, soit pou[r] y faire leurs soumissions, soit pour y réitérer celles qu'elles auroien[t] déjà faites.

Fait à l'administration des biens nationaux, le lundi 23 août 1790

Signés, BAILLY, *maire*; LE COULTEUX, PITRA, AVRIL, SANTERRE TRUDON, TIRON, FILLEUL, MINIER, CANUEL, ROYER, *commissaires administrateurs.* BOULLEMER, *procureur-syndic de la commune.*

Biens nationaux à vendre, 23 août 1790. Affichette. Bibliothèque nationale, Paris. Ph. © Bibl. nat.

de la propagation biologique. Si Grandet aura quelque compassion pour Charles, ce n'est pas parce qu'il a perdu son père, mais parce qu'il a perdu ses sous (p. 95) : l'argent, c'est la vraie famille. Pourquoi dès lors s'étonner, voire se scandaliser, que Grandet chiffre une spéculation sur le journal annonçant la mort de son frère, sans entendre les gémissements de son neveu (p. 103) ? Pas de quoi pleurer : un deuil est vite réparé, les pièces vont faire des petits, la famille s'agrandir. Le vouloir-proliférer de l'or est infini. C'est vraiment l'*étalon*.

Dans sa grande homélie pédagogico-pédérastique à la fin d'*Illusions perdues*, Carlos Herrera, alias Vautrin, dira à Lucien de Rubempré : « Les avares habitent le monde de la fantaisie et des jouissances. L'avare a tout, jusqu'à son sexe, dans le cerveau. » Quand Grandet pense à ses millions, sa loupe se dilate (p. 98) : il bande (si Nathalie Sarraute l'avait compris, elle n'aurait pas, comme elle l'a fait dans *L'Ère du soupçon*, critiqué la prétendue inutilité de cette protubérance nasale, typique, selon elle, du frivole « effet de réel » du roman à l'ancienne[1]. Cette loupe n'est pas une vaine singularité anatomique, c'est un signe libidinal). Cet homme qui vit comme un ascète est un dissolu qui s'offre avec son or docilement manié de folles parties de débauche ; il fait l'amour avec lui, il s'y plonge avec l'exubérance sexuelle de celui qui sait qu'au contact

1. N. Sarraute, *L'Ère du soupçon*, Folio-Essais, p. 61.

de ce corps multiple et ruisselant, c'est à l'intarissable splendeur du vivant, toujours grosse d'elle-même, qu'il se ressource pour s'y revigorer. Taine a parfaitement saisi en lui un « poète à huis clos et dévoyé[1] ». Son cinéma intérieur est d'une richesse exceptionnelle, comme celui de tout amoureux (et, contrairement à Harpagon qui, veuf, songe à convoler derechef, c'est à l'or exclusivement que Grandet réserve sa libido). Lui dont toutes les actions sont couvertes par les Saumurois d'un grand manteau d'or (p. 27), voyons-le, dans la salle anuitée, tandis que les trois femmes cousent, tricotent ou filent, humbles Parques domestiques, voguer en silence, pendant quatre heures, sur la « longue nappe d'or » (p. 105) qu'il aperçoit au lointain de ses rêves... Densité féerique de cet immense non-dit, dont la beauté transfigure invisiblement la médiocrité du décor. Profondément artiste, parce que profondément épris, il éprouve le besoin violent de l'adoration de son trésor. Son seul luxe est l'imaginaire, mais il est éhonté. La jubilation esthétique y rejoint l'assouvissement lubrique, l'obscène s'y transfigure de reflets d'idéal, tout l'être s'y avoue dans un culte qui est obscurément, puissamment, celui de l'origine du Sens. Autant dire que l'or, identifié avec la matière même de ces échanges, circulations, métabolismes qui font la vie, devient pour Grandet le mythe nourricier de son moi et, au-delà,

1. *Loc. cit.*, p. 73.

du monde : il est vraiment le carburant de l'énorme machine, celui qui anime tout, le principe premier et dernier du système, la condition de sa perpétuation et de son dynamisme toujours renouvelé.

Il est dès lors logique que Grandet semble s'être incorporé ce *mana* aux propriétés magiques, ce talisman de jouvence éternelle : comme la future Paquita[1], il a des yeux d'or (et l'on sait combien, chez Balzac, cette particularité est liée aux arcanes les plus bouleversants du désir), ses cheveux sont blanc et or (pp. 25, 29), il est devenu lui-même le divin métal, comme le chrétien qui a mangé le pain de vie s'identifie au Christ qu'il porte en lui. Et Grandet de communier sans cesse : il avale, il avale, tant sa foi est ardente, et les hosties dorées de s'entasser dans sa chambre forte ; c'est un tigre, un boa, un basilic, un caïman, tout un bestiaire y passe pour orchestrer métaphoriquement ces fêtes de la faim. C'est le propre du croyant de n'être jamais rassasié. Grandet non plus, et justement parce qu'il croit, absolument : tout doit être convoyé vers son œsophage (p. 32), pour y entretenir, y exalter l'énergie militante du fidèle de l'or. Les Saumurois ne s'y trompent pas : s'ils ignorent tout, au fond, de la fortune de Grandet, ils savent qu'ils possèdent dans leurs murs quelqu'un qui a su, dans l'ordre qui est, pour la modernité, celui du sacré, s'acquérir des mérites transcendants ; dans Saumur on parle de Gran-

1. *La Fille aux yeux d'or* (1835).

det avec la fierté patriotique qu'au Moyen Âge on aurait mise à se flatter d'un saint local ; on montre discrètement aux voyageurs ce bonhomme qui n'a l'air de rien, et pourtant fait la nique aux Rothschild et Laffitte (p. 27) — autant dire des exemples héroïques, réputés inaccessibles. Son rayonnement d'or-acle s'étend largement sur la contrée, il alimente la fable, à travers lui l'humanité ordinaire vit par procuration : le rêve de tous se cristallise autour de l'or d'un seul, qui donne la vie (imaginaire) à l'ensemble de la communauté ; ainsi Grandet, qui *stricto sensu* ne donne rien, dispense pourtant, avec une prodigalité confondante, quelque chose qui est sans doute beaucoup plus précieux que l'or : le fantasme de l'or, qui n'est lui-même qu'un fantasme. De ce point de vue, c'est vraiment un bienfaiteur public, qui procure aux frustrations collectives une indispensable soupape, on devrait lui élever une statue. Vains palabres contre monnaie sonnante et trébuchante : marché de dupes, qui permet pourtant aux dupes fascinées de survivre, d'oublier leur néant dans l'admiration de l'Être suprême, confondu avec l'Avoir superlatif.

On n'en finit donc pas de supputer autour de la cachette pleine de louis où le grand prêtre de l'or célèbre ses offices secrets et se donne nuitamment « les ineffables jouissances que procure la vue d'une grande masse d'or » (p. 25). Pas du tout ineffables, puisque à Saumur on ne parle que de ça... Que cette scène soit spontanément imaginée comme nocturne et clandestine, c'est-à-dire parée de tous les prestiges du tabou, en dit long sur l'avidité du désir interdit qui s'y comble. On est tout près de basculer en plein fantastique, ou plutôt on y bascule, avec l'encouragement explicite de Balzac, lorsqu'il déclare que Grandet ne voulait pas plus être surpris dans son cabinet qu'un alchimiste à son fourneau (p. 69) : on rappellera bien sûr que *La Recherche de l'Absolu* va être écrite quelques mois après *Eugénie Grandet*, mais, même s'il a peu à voir avec Balthazar Claës et ne perd pas son temps aux billevesées de la pierre philosophale, Grandet, par l'or, qu'il ne fabrique pas, mais possède, touche de près au mystère inhérent à l'Incorruptible. Derrière la porte où il a muré la Vérité, il ostente pour lui seul son Graal, en vérifie la grâce efficace. Les fées, les démons que la rumeur publique suppose à son service ne font qu'incarner (ou désincarner) en séides surnaturels ce qui s'attache de halo à la fois sulfureux et mystique à l'activité du capitaliste qui, lui aussi, par notaire interposé, « transmute » (p. 191) le monde en or dans le puissant creuset de son vouloir. Là, dans l'intimité de la messe dorée, loin de tous yeux profanes, le vieux tonnelier, vibrant de tendresse paternelle et de charité pour cette merveilleuse réserve de vie, vient « choyer, caresser, couver, cuver, cercler son or » (p. 69). Cuver, cercler : verbes qui renvoient au vin, au tonneau, à la liqueur eucharistique, indissolublement mêlés à des enjeux génitaux transposés et sublimés. Nulle part peut-être cela ne se distingue davantage que dans l'épisode étrangement brutal, et incompréhensible pour elle, où Eugénie terrorisée surprend de nuit son père, « accouplé » à Nanon par un gros gourdin et transportant dans un éclairage caravagesque un mystérieux barillet : si ce n'est pas une « scène primitive », toute pétrie d'érotisme, de transgression et de sacré, cela y ressemble fort. L'or, comme le sexe, comme la signification (et parce qu'ils sont la signification), c'est toujours ce qui se réserve aux initiés, ce qui ne doit pas être vu.

Chez un homme si contrôlé, la bourrasque de gaieté chantante et dansante (épouvantable pour les autres) qui le soulève devant le portrait du vieux M. de La Bertellière (pour lui dire : regarde ce que j'ai fait de ta fortune, ne suis-je pas digne de toi ? ou pour le narguer, pour bien lui montrer qu'on n'a plus besoin de *nom* aujourd'hui), à la suite du succès de son expédition d'Angers (p. 143), révèle à quel point c'est l'or, et l'or seulement, la pensée de l'or (puisqu'il vient de se priver de sa présence concrète, pour un plus grand profit) qui peut, en public, le transporter d'un orgasme d'habitude réservé à ses manipulations solitaires. À la joie d'avoir réalisé une superbe affaire, s'ajoute fondamentalement l'intense satisfaction d'avoir « emboisé » tout le monde. Il serait erroné, en effet, d'imaginer la jouissance de Grandet comme pure (ou impure) volupté onaniste. Bien sûr, il s'agit toujours de jouir seul, mais le plaisir, pour être complet, a besoin de cet excitant suprême qui consiste en l'idée qu'on est plus fort que les autres. La langue populaire, qui parle de « baiser » quelqu'un quand on l'a berné, révèle avec une crudité ingénue ce qu'il y a d'érotique au fond du sentiment de supériorité de celui qui a soumis autrui à ses desseins, en a fait ce qu'il a voulu. Dans l'or, ce que Grandet aime par-dessus tout, c'est bien sûr qu'il est l'instrument, mais c'est aussi et peut-être surtout qu'il est la *substance* du pouvoir ; qu'il ne sert pas à être puissant, mais qu'il *est* la puissance, à la fois virtuelle et performative : en lui-même, par le simple fait d'être disponible, il réalise déjà l'infini de ses potentialités. C'est pourquoi, par exemple, Grandet n'éprouve aucun désir de se faire élire député, de passer au stade de l'influence politique ; outre qu'il faudrait aller à Paris, qu'est-ce que cela lui donnerait de plus ? Avec l'or, il a tout. Quant à Balzac, il a toujours été subjugué par la rêverie sur cette omnipotence à la fois évidente et occulte : si tout le monde *sait* que Grandet est richissime, personne n'a *vu* son or, qui est partout et nulle part et tyrannise l'imagination par son ubiquité insituable, ce qui fait de lui un principe, une essence, on pourrait même dire — comble du paradoxe — un Esprit.

Il y a donc chez Grandet un assouvissement profond à penser sensuellement son triomphe sur l'humanité stupide et limitée qui l'entoure. C'est pourquoi, anticipant avec quelque fatuité naïve les réactions de son lecteur, Balzac souligne « la prodigieuse curiosité qu'excitent les avares habilement mis en scène. Chacun tient par un fil à ces personnages qui s'attaquent à tous les sentiments humains, en les résumant tous. Où est l'homme sans désir, et quel désir social se résoudra sans argent ? » (p. 109). Par sa passion, Grandet est au cœur de la machine désirante, au noyau le plus productif et le plus irradiant de cette centrale, au maximum de son rendement énergétique. Grandet s'enchante de fouler aux pieds ceux qui ne font pas le poids devant lui, et tout particulièrement les Parisiens (parce que avec les Saumurois c'est trop facile, p. 114), si sûrs d'eux et si méprisants pour les retardés de province : lorsqu'il décide de « les tordre, les rouler, les pétrir, les faire aller, venir, suer, espérer, pâlir... » (p. 110), de les « concasser » pour s'amuser, il affiche la gratuité souveraine, l'arbitraire d'une divinité qui peut tout se permettre, parce qu'elle est une divinité. Dans les mornes et rabâcheuses soirées où Cruchotins et Grassinistes

« Pour quelques personnes, la fortune du vieux vigneron était l'objet d'un orgueil patriotique. »

Dédié aux Actionnaires. Allégorie gravée par Ride d'après Le Barbier l'aîné, 1785.

Bibliothèque nationale, Paris. Ph. © Bibl. nat.

répètent automatiquement mêmes gestes et mêmes propos, ce qui l'enivre *in petto*, c'est cette idée délicieuse : « Ils sont là pour mes écus. Ils viennent s'ennuyer pour ma fille. Hé ! ma fille ne sera ni pour les uns ni pour les autres, et tous ces gens-là me servent de harpons pour pêcher » (p. 49). Pêcheur d'hommes lui aussi, Antéchrist d'un contre-Évangile qui annoncerait la Bonne Nouvelle de l'Argent.

Est-ce forcer la note ? Non. Balzac souligne le trait lorsqu'il évoque la figure de Grandet, exploitant le faux attachement de deux familles, en tirant d'énormes profits, et incarnant « le seul dieu moderne auquel on ait foi » (*ibid.*). Le geste final de l'agonisant saisissant le crucifix de vermeil (p. 191) est susceptible d'interprétations plurielles, mais qu'on le considère comme une manifestation d'avidité ou de rivalité, il est clair qu'il invalide totalement le fond même du christianisme, qui est sacrifice et dépossession de soi. Balzac se contredit en prétendant que ce doit être la religion des avares (p. 192) — sous prétexte qu'en expirant le père rappelle à sa fille qu'il lui réclamera des comptes dans l'au-delà. En fait, il l'a noté précédemment, « les avares ne croient pas à une vie à venir, le présent est tout pour eux » (p. 105). Et de là il se laisse entraîner à une étonnante dérive d'auteur, où le légitimiste d'assez fraîche date s'alarme des ravages sociaux et moraux du culte du Veau d'or : « Cette réflexion jette une horrible clarté sur l'époque actuelle, où, plus qu'en aucun autre temps, l'argent domine les lois, la politique et les mœurs. Institutions, livres, hommes et doctrines, tout conspire à miner la croyance d'une vie future sur laquelle l'édifice social est appuyé depuis dix-huit cents ans. Maintenant le cercueil est une transition peu redoutée. L'avenir, qui nous attendait par-delà le requiem, a été transposé dans le présent. Arriver *per fas et nefas* au paradis terrestre du luxe et des jouissances vaniteuses, pétrifier son cœur et se macérer le corps en vue de possessions passagères, comme on souffrait jadis le martyre de la vie en vue de biens éternels, est la pensée générale ! pensée d'ailleurs écrite partout, jusque dans les lois, qui demandent au législateur : " Que paies-tu ? " au lieu de lui dire : " Que penses-tu ? " Quand cette doctrine aura passé de la bourgeoisie au peuple, que deviendra le pays ? » (*ibid.*)

On ne saurait assez souligner l'importance de cet insert « idéologique » où Balzac, parlant en son nom propre, livre un certain mode d'emploi de son roman, spiritualiste et réactionnaire (non exclusif d'autres niveaux de lecture, bien entendu) : dénonciation d'un matérialisme croissant, typiquement moderne, qui s'accompagne d'une atrophie du sens métaphysique, seul susceptible pourtant, tel que l'Église le nourrit, avec sa foi dans la rétribution d'outre-tombe, de museler les appétits bassement terrestres de l'animal humain. Cette déliquescence du christianisme dans la France révolutionnée le conduit à prendre acte d'un certain échec de la Restauration et lui paraît mener tout droit à l'apparition d'un type nouveau, entièrement vautré dans d'épaisses préoccupations de succès temporel à n'importe quel prix, uniquement attentif à la surenchère de l'« Enrichissez-vous », avec à l'horizon la perspective d'une société-jungle, où ne régneraient plus que la morale des intérêts et l'anarchie du désir.

Depuis le discours de Victor Hugo sur la tombe de Balzac, l'annexant à l'esprit de la Modernité, c'est devenu un lieu commun de prétendre qu'il a écrit *contre* ses idées : il aurait, malgré lui, et par connivence de démiurge avec le vouloir-vivre de son temps, célébré des transformations qui lui faisaient horreur. Sans doute. Au moins faut-il avoir l'honnêteté de moduler cette affirmation un peu trop unilatérale, en rappelant, par exemple, l'intention prophylactique à laquelle répond explicitement la création d'un personnage comme Grandet : toute considération de réussite littéraire et de puissance esthétique mise à part (si cela a un sens de les mettre à part, puisque ce plan-là est pour nous le plus déterminant, ou pour mieux dire le seul à considérer), Balzac, à travers lui, veut mettre en garde contre le péril, très pressant à ses yeux, de voir ses contemporains asservis à la convoitise des choses, tuer leur âme et envisager la mort non plus comme une porte ouvrant sur ailleurs mais comme un simple terminus. Bien entendu, Balzac n'est pas Pascal (quoiqu'on entende dans *Eugénie Grandet* des accents pascaliens, ne serait-ce que page 49 : « Affreuse condition de l'homme ! il n'y a pas un de ses bonheurs qui ne vienne d'une ignorance quelconque »), mais son roman est bien bâti sur le combat entre deux *ordres* qui s'excluent. La sacralisation du désir possessif, tel que la vit Grandet, est un suicide spirituel. Eugénie aussi désire — ô combien ! Mais ce désir, parce qu'il s'attache à des valeurs désintéressées et exalte Éros en Agapè[1], sera source de vie et de sens.

Logiquement, le monde se coalisera donc pour l'éliminer.

1. Amour désintéressé, proche de la charité.

III L'ÉPIPHANIE

On l'a beaucoup dit, et peut-être un peu trop : rien ne « bouge » dans ce « roman sans événement[2] ». Il est bien vrai qu'une part essentielle du sens de l'œuvre, et de sa beauté paradoxale, tient à ce qu'elle repose sur l'anti-picaresque absolu : Eugénie reste immobile, rivée, dirait-on, à cette maison qu'elle ne quittera jamais (sauf brièvement, après son

2. Alain, « Avec Balzac », in *Les Arts et les dieux*, Bibl. de la Pléiade, 1958 (p. 991) ; M. Bardèche, *Balzac*, p. 258.

mariage), dans la rumination du vide. Mais il faut aussitôt corriger le propos en observant que cette fixité est trompeuse, et qu'elle ne doit s'interpréter qu'en fonction de deux « accidents » cataclysmiques, deux séismes, l'un positif, l'autre mortel, qui viennent en bouleverser profondément le calme apparent. Il est tout à fait erroné, en fait, de prétendre que dans *Eugénie Grandet* il ne se passe rien. Du point de vue de l'avare, il se passe beaucoup de choses, mais dans les profondeurs : les jours filent et se ressemblent, mais cumulativement le temps travaille pour lui, bonifie astronomiquement son capital. Si Grandet est bien le même à la fin du roman qu'au début, sans rien qui ait bouleversé la donne, on assiste à l'aggravation de sa manie et à l'explosion de ses revenus. Pour Eugénie, il se passe quantitativement peu d'événements, au sens strict du mot, et très exactement deux (la mort de son père n'est pas un événement, elle ne modifie rien) : le premier, c'est la survenue et le bref séjour de Charles, le second, la lettre qu'elle en reçoit. Le premier de ces événements, sensationnel et pimenté de scandale (le suicide de Guillaume Grandet), fait des vagues jusque dans l'opinion saumuroise ; le second, tout intime, reste enseveli dans les arcanes de la vie privée et, de l'extérieur, on n'en percevra que les conséquences. Mais ces événements très ponctuels sont porteurs d'ébranlements énormes, et c'est sur eux que Balzac fait tomber l'éclairage. Tout bouge, pourrait-on dire, dans ce roman riche, sinon en péripéties, du moins en remous et qu'on pourrait, si l'on était d'humeur marivaudienne, sous-titrer *Les Surprises de l'amour*, dont la seconde raturera la première tout en la maintenant en filigrane invisible d'une vie profondément renouvelée.

Ce qui est certain, c'est que Balzac, soucieux de ménager de puissants clairs-obscurs, met l'accent avec une vigueur particulière sur l'existence monocorde, réglée comme du papier à musique (sans musique) que l'on traîne chez Grandet, avec ses usages morbides et ses contraintes névrotiques. Même ce qu'on n'ose appeler le « plaisir » y obéit à une programmation ne laissant rien au hasard : rythme des soirées où l'on reçoit, identité des invités, budget prévisionnel indépassable, déroulement implacable, etc. D'où l'impression cauchemardesque de film enrayé que donne l'évolution, en circuit étanche, de ces personnages prisonniers une fois pour toutes de leurs gestes, de leurs propos, de leurs calculs lancinants (qui Eugénie épousera-t-elle ?), sans qu'on aperçoive ce qui pourrait permettre de sortir enfin de ce cercle infernal. Seul Grandet pourrait dissiper le maléfice, mais toute sa stratégie consiste précisément à maintenir en l'état cette espèce de bégaiement existentiel (il s'y entend à bégayer !), en attendant que la situation soit mûre (comprenons : qu'il ait trouvé un parti à son goût pour Eugénie).

C'est ce morne bal de paralytiques qu'un soir de novembre 1819, un coup de marteau indubitablement non saumurois (car il est un code de conformité pour tout en province, même pour frapper aux portes, et on démasque immédiatement les déviants) va, en même temps que la chape de plomb imposée par Grandet, faire voler en éclats.

PASSAGE DU PHÉNIX

Balzac ne ménage aucune métaphore pour désigner l'effet littéralement stupéfiant (de part et d'autre) produit par le surgissement inopiné de Charles dans l'univers confiné de la maison Grandet : chu (on saura bientôt de quel désastre obscur) telle une météorite, une bombe, il débarque là comme un colimaçon dans une ruche, un paon déporté dans une basse-cour (p. 51), voire une girafe (p. 55), autant dire alors le comble de l'exotisme, l'apothéose du fabuleux. Choc de deux mondes sans commune mesure. Du point de vue romanesque, le dispositif est efficace, et d'autres après Balzac (ne serait-ce que Barbey d'Aurevilly dans *Le Dessous de cartes d'une partie de whist* par exemple) ne se priveront pas d'en user : un système fermé, sclérosé, nécrosé, une monade sociale et morale arthritiquement repliée sur elle-même, d'un seul coup ravagée, démantelée par la visitation d'un prédateur venu de l'extérieur, qui vient la féconder, c'est-à-dire la détruire. C'est sur ce schéma dont la puissance tient à la simplicité que repose l'entière construction d'*Eugénie Grandet* : l'introduction brutale d'un élément exogène qui vient faire imploser un ordre jusqu'alors accepté, mais désormais ressenti comme inauthentique.

Charles, qui n'a pas compris pourquoi son père a conçu le baroque projet de l'expédier chez les sauvages (les Indes, par la suite, ne le dépayseront sûrement pas plus que Saumur), et qui s'aventure pour la première fois sur ces terres inconnues, a conçu le dessein d'y frapper un grand coup, « d'y paraître avec la supériorité d'un jeune homme à la mode, de désespérer l'arrondissement par son luxe, d'y faire époque, et d'y importer les inventions de la vie parisienne » (p. 53). On voit tout de suite la portée symbolique de la confrontation, non dénuée, des deux côtés, d'excès caricaturaux : à Grandet, qui en rajoute dans le provincialisme (par politique), s'oppose le jeune dandy qui en fait trop dans le parisianisme. Balzac, qui a eu lui aussi sa période de faste ostentatoire, et sait combien est pénétrante la tentation de l'élégance, s'amuse avec une certaine complicité ironique des incroyables affûtiaux dont Charles a pris soin de se munir pour éblouir les naturels de ces contrées lointaines, et briller aux fêtes du château où il imagine que son oncle entretient nombreuse compagnie. Un Niagara de superlatifs, digne de Mme de Sévigné, dresse l'inventaire des accessoires les plus raffinés d'un trousseau répondant aux impératifs du jour. Dans *Illusions perdues*, nous aurons l'épreuve inverse (le provincial qui se croit bien mis et découvre à Paris qu'il est fagoté comme un garçon de noce) : mais que ce soit dans un sens ou dans l'autre, il s'agit toujours pour Balzac d'illustrer la faille impossible à combler entre deux espaces qui ne s'opposent pas seulement par une différence d'échelle, mais par un saut qualitatif. À Charles ne manque aucun des « colifichets » si essentiels à qui veut faire bonne figure dans le monde, aucun de ces « instruments aratoires dont se sert un jeune homme oisif pour labourer la vie ». Car, contrairement à ce qu'un vain peuple pourrait penser, rien de plus exigeant, de plus rigoureux, de plus dur au fond que de se maintenir à chaque instant sur la ligne de crête de la *fashion*... C'est un effort perpétuel, qui réclame beaucoup d'application : le relâchement ne pardonne pas, une faute de tact et tout s'effondre.

Trêve de plaisanterie : malgré son prénom, Charles n'a rien à voir avec Baudelaire. Son dandysme à lui n'est pas philosophique ; c'est une forme superficielle, purement mondaine, pauvre au fond, et dégradée, de ce qu'ont entendu par là

« Cette figure annonçait une finesse dangereuse, une probité sans chaleur, l'égoïsme d'un homme habitué à concentrer ses sentiments dans la jouissance de l'avarice. »
L'Avarice. Lithographie de Delpech d'après L. Boilly, 1854. Bibliothèque nationale, Paris.
Ph. © Bibl. nat.

certains esthètes, qui étaient plutôt des ascètes, et n'aiguisaient leur singularité que dans le souci profondément éthique de se distinguer de la masse abjecte et laide, par revendication d'une différence spirituelle faisant d'eux, dégoûtés de la nature banale, des héros de l'art, des saints de l'idéal. Charles n'a pas la moindre idée de ces sublimités. Pour lui, la toilette n'est pas une culture, une mystique, mais une simple nécessité du paraître. Loin de chercher à raréfier son être, à le quintessencier pour en goûter la saveur unique, il est esclave de la mode. Il n'aspire pas à faire de sa personne une œuvre esthétique, pour protester contre l'insignifiance du monde, mais bêtement à se conformer à ce qu'il y a de plus frivole dans les fantaisies obligatoires de *son* monde. Balzac prend néanmoins grand soin de ne pas accabler totalement Charles, dans la mesure où il importe que ce ne soit pas d'une poupée qu'Eugénie s'éprenne, ce qui compromettrait l'image qu'il entend proposer d'elle ; s'il peut donner l'impression d'être un mannequin, un « mirliflor », comme l'appellera le père Grandet (peu convaincant dans le rôle d'arbitre des élégances), en réalité, précise Balzac, Charles réussit à ne pas être ridicule (p. 54) — là est le secret de Paris — et d'ailleurs nul ne s'aviserait de rire de quelqu'un qui a l'air brave et ne se borne pas à avoir des beaux pistolets, mais, à l'occasion, saurait parfaitement s'en servir.

Il n'en reste pas moins que Charles est ressenti par les Saumurois ébaubis comme féminisé à outrance : « mignon comme une femme », « moutonné comme une fille » aux yeux de Nanon (pp. 70, 158), objet de ménagements d'ordinaire réservés aux femmes en couches à ceux de Grandet scandalisé (*ibid.*), qui le compare par ailleurs à une « fille à marier » (p. 78), se laissant mollement aller sur le fauteuil « comme une jolie femme qui se pose sur son divan » (p. 89), il brouille les repères admis de la taxinomie sexuelle. Ce garçon affiche une féminité troublante, que les allusions insistantes à Endymion (Eugénie est aussi « voyeuse » que Diane contemplant son berger endormi : pp. 107, 129, 135) ne sont pas faites pour dissiper, surtout si l'on songe à sa frappante ressemblance avec sa défunte mère (p. 140). Sa virilité, étrangement mêlée à des signes qui la contredisent, évoque aussi un improbable androgynat comme celui des anges : Eugénie le prend pour une inqualifiable créature « descendue de quelque région séraphique » (p. 56), et la pieuse Nanon l'appelle « chérubin » (p. 84). Ce qui est très notable, c'est l'immédiateté avec laquelle Eugénie, devant Charles, se sent brusquement dévalorisée, et comme niée dans sa féminité *à elle*. En présence de cet être qui est certainement un homme, mais exhibe toutes les blandices que le stéréotype attribue traditionnellement à la femme,

L'acteur Hugues Bouffé (1800-1888) dans le rôle de Grandet dans *La Fille de l'avare,* adaptation théâtrale d'*Eugénie Grandet* au Théâtre des Variétés à Paris. Lithographie.

elle comprend d'un seul coup qu'elle n'est pas femme, que son cousin, de manière complètement inattendue et désorientante, participe du *mundus muliebris*, est en un sens plus femme qu'elle. D'où une réaction spontanée, et passionnée, d'identification : « Elle enviait les petites mains de Charles, son teint, la fraîcheur et la délicatesse de ses traits » (p. 56 ; cf. p. 73). Pour être elle, elle voudrait clairement être lui ; c'est la féminité qu'elle désire en cet homme, qui lui fait découvrir avec stupeur combien peu jusqu'alors elle a été femme. L'amour au stade du miroir, rappellent les psychanalystes, est toujours homosexuel[1]. D'où une très curieuse inversion des sexes, puisque « la vue de son cousin fit sourdre en son cœur les émotions de fine volupté que causent à un jeune homme les fantastiques figures de femmes dessinées par Westall dans les Keepsakes anglais, et gravées par les Finden d'un burin si habile, qu'on a peur, en soufflant sur le vélin, de faire envoler ces apparitions célestes » (p. 56). Dans les Keepsakes, au couvent, Emma Rouault, bientôt épouse Bovary, rêvera sur les hommes, pour trouver l'homme ; Eugénie, elle, fantasme sur un homme pour reconquérir une féminité dont elle s'aperçoit qu'on l'a frustrée, les écailles lui tombent des yeux, et pour la première fois elle se rend compte que, dans un certain monde qui n'a jamais été le sien, et jusqu'à aujourd'hui inimagi-

1. Naomi Schor, *Breaking the Chain*, p. 177 (note 24).

nable, *indésirable* (*ignoti nulla cupido* : on ne peut pas désirer ce qu'on ne connaît pas), certains hommes sont plus féminins, c'est-à-dire plus parfaitement hommes, que tous les hommes de Saumur. Cette femme entre parenthèses avait besoin de ce détour narcissique pour pouvoir s'appartenir avant de se donner à autrui. Ce transfert sexologique constitue en tout cas un ébranlement inaugural de portée imprévisible, puisque c'est à partir de lui que, de proche en proche, l'univers eugénien, qui paraissait devoir rester épinglé une fois pour toutes par les mêmes « valeurs » imposées par l'évidence de l'habitude, va se trouver déstabilisé en profondeur et devenir méconnaissable.

On peut évidemment s'interroger sur la soudaineté de la réaction d'Eugénie aux prestiges du cousin, sa fascination foudroyante, le caractère absolu et définitif du partage que l'apparition de Charles instaure pour elle entre les êtres : tout ce qui, en Charles, choque les Cruchot et les des Grassins lui plaît à la folie, et justement parce que cela leur déplaît (p. 56). Il y a là, selon un processus qui, contrairement à ce qu'on a assuré, n'a rien de « pathologique[1] », mais s'avère d'une parfaite normalité chez quelqu'un qui a vécu en vase hermétiquement clos, la découverte instantanée de sa véritable nature, se révélant et se réveillant après vingt-trois ans d'occultation : Eugénie rattrape le temps

1. *Ibid.*, p. 92.

perdu, par la perte de tout esprit critique face à son cousin et l'extrémisme fervent de son admiration pour lui. Pour qu'elle l'exalte, il faut que les autres diminuent ; un clivage sans nuances s'établit entre Charles et elle-même d'un côté — êtres de même race, de farine plus fine — et le reste de l'humanité, tombé dans une insignifiance et une disgrâce sans rémission. Toute cette révision du « plan d'occupation des sols » intérieur est si rapide et si totale qu'il faut imaginer en Eugénie, à l'état latent, des attentes et des insatisfactions incubant peut-être depuis longtemps, et qu'elle a eu, la malheureuse, tout loisir de nourrir en silence, lors des séances de couture interminables et toujours recommencées qui semblaient devoir être son lot pour toujours. Sans vouloir la « bovaryser » à tout prix, il est clair qu'il y a des points de contact, des passerelles volantes entre deux héroïnes que séparent d'ailleurs des gouffres vertigineux. De ce point de vue, il est intéressant de marquer que, contrairement à ce qui se passe pour Emma, la *Schwärmerei*[1] d'Eugénie ne doit absolument rien au remâchement livresque : aucun livre chez Grandet, sauf livres de comptes et livres de messe. Eugénie ne peut donc se farcir la tête de lectures romanesques ; elle ne s'est pas, *a priori*, forgé à travers la littérature (ou sous-littérature) une certaine idée de la vie, qu'elle irait, à ses dépens, confronter avec le monde tel qu'il est. L'épiphanie

1. Exaltation vague et romanesque, dans le romantisme allemand.

du phénix (p. 57) bouleversera d'autant plus que rien, dans l'imaginaire, ne l'avait préparée et qu'avec Charles, c'est bien la fiction qui va aussi, dans le même surgissement, venir fracturer le cocon saumurois, le balayer d'un formidable appel d'air.

Charles est essentiellement littéraire : sa maîtresse voyage au pays de W. Scott, il prend des poses byroniennes, il mène à Paris la vie délicieuse d'un personnage de roman mondain — toutes références dont Eugénie ignore bien entendu le b-a ba, mais qu'elle pressent confusément dans cette émanation d'un *ailleurs* radical qui nimbe la silhouette de Charles et ses moindres gestes. L'une des premières questions posées par Charles au sujet de Saumur est naturellement de savoir si la ville dispose d'un théâtre (p. 90) : à quoi ne répond que le haut-le-corps effarouché de Mme Grandet, que l'idée d'aller se damner à voir des comédiens remplit littéralement d'horreur. Mais dans cette steppe esthétique, c'est Charles lui-même qui, par sa seule personne, introduit l'art et la culture : le regarder manger son œuf à la coque avec les « mouvements coquets, élégants, menus » d'une petite maîtresse, c'est pour Eugénie aussi palpitant que *Lucie de Lammermoor*. Charles, en soi, est théâtre. Bientôt drame. Ou roman (p. 111). En tout cas, citation. Entrant en amour, Eugénie va aussi, du même coup, entrer en littérature, et la plus agitante : mais son infinie supériorité sur Emma, c'est qu'au lieu de s'épuiser à la poursuite éperdue de modèles dont elle devra à chaque fois reconnaître la non-pertinence et l'inefficacité, elle va tout réinventer seule. Au bout du compte, la déception sera la même. Mais au moins n'aura-t-elle pas vécu de désirs d'emprunt.

FÉCONDANCE ET PRIMEVÈRE

Dans un monde tout en camaïeu de gris éteints, l'irruption de Charles fait l'effet d'un incroyable coup de soleil. Le *jaunâtre* qui semble la couleur emblématique et comme l'élément des Cruchot (p. 55) s'avoue dans toute sa terne et déprimante médiocrité sous l'éclaboussement de ce nouvel astre répandant à flots sa jeune lumière sur ce décor fatigué. Avec le cousin de Paris, c'est un principe de vie jaillissant, irrépressible, qui vient d'un seul coup ranimer un microcosme croupissant. Par contagion, des phénomènes inédits, profondément perturbants, vont se produire.

C'est évidemment à dessein que Balzac a choisi, pour sa grande scène d'exposition, la soirée d'anniversaire d'Eugénie, soulignant ainsi l'ère nouvelle qui commence pour elle ce jour-là. « C'est la naissance d'Eugénie » (p. 43), s'exclame Grandet qui ne croit pas si bien dire, et s'apercevra bientôt des conséquences incalculables — pour lui qui calcule si bien — de cette genèse seconde dans laquelle sa fille va puiser un essor inédit. Charles paraît, et aussitôt c'est germinal : picotements, bourgeonnements luxuriants, une vraie puberté de l'âme chez Eugénie qui ne sait pas ce qui lui arrive. La sève trop longtemps réprimée, et qui devait fermenter en d'obscures sublimations, mystérieusement délivrée, commence à fourmiller sous forme de pensées et d'initiatives qui s'imposent à elle de manière aussi soudaine qu'indiscutable et la traversent d'élans incontrôlés. « Travaillée par un poignant désir » (p. 57), il lui faut, sans qu'elle analyse pourquoi, « inspecter la chambre de son cousin pour s'y occuper de son cousin », répétition où se lit déjà la fétichisation de l'objet. Elle ne se doute évidemment pas de ce qui la jette ainsi dans un activisme forcené, entièrement centré sur un être aussitôt élu qu'entrevu, mais on songe à la note sarcastiquement consignée par Stendhal dans les marges de son *Lucien Leuwen*, à propos des émois dont la chaste Bathilde se demande avec effroi d'où ils peuvent bien provenir : « De la matrice, ma petite. » Le commentaire est cru, mais d'une rare franchise, et sous les voiles et drapés idéalistes, touche à l'origine nue de cette sécrétion incompréhensible, irrationnelle, du cœur, tellement enracinée dans les humeurs du corps, qu'il est convenu d'appeler l'« amour ». Si, en un clin d'œil, de toute la maisonnée, Eugénie s'est sentie la seule capable de comprendre les goûts de son cousin, c'est que le déclenchement de la mobilisation amoureuse a été instantané et total. Brusquement irriguée, réchauffée, une toundra qui semblait vouée à l'hibernation s'ameublit, champignonne : « il lui avait plus surgi d'idées en un quart d'heure qu'elle n'en avait eu depuis qu'elle était au monde » (p. 58). Mais c'est qu'elle n'était pas au monde. Elle vient d'y entrer.

On s'amusera de ce que, dans sa divine innocence, pour orner la cheminée de Charles, Eugénie croie bon d'y placer « un flacon antique où étaient gravés des amours ». Éros est dans la place. Aussi bien, ce que Balzac entonne à cette phase du roman, c'est bien un cantique en l'honneur de ce qu'il appelle, d'un mot rare et beau rimant avec abondance, sa *fécondance* (p. 73). Voletant comme un oiseau, douée de cette inspiration supérieure qui, dans les moments cimes de notre existence, nous soulève d'un seul coup au-dessus de nous de telle sorte que nous nous découvrons aux autres et à nous-mêmes sous un jour qu'on ne nous connaissait pas (et pour cause : nous ne nous connaissions pas), en état d'ébriété légère, d'heureuse lévitation, Eugénie transforme la chambre de son cousin comme par un coup de baguette magique ; il serait sans doute plus juste de dire que c'est elle qui, par un coup de la baguette magique de son cousin (on n'aura pas le mauvais goût de freudonner ici...), a commencé à sortir de sa chrysalide, à devenir qui elle est. Il n'y a pas qu'elle, d'ailleurs, à subir l'influence génératrice. Même Nanon s'endort cette nuit-là bercée pour la première fois par des rêves de splendeur (p. 72) : les eaux prisonnières frémissent à l'approche du sourcier du désir.

Le récit prend dès lors un nouveau départ (début du troisième chapitre de l'édition originale), avec ce qui n'a jamais mieux mérité son nom d'*incipit*, car c'est vraiment d'un commencement qu'il s'agit. (« Dans la pure et monotone vie des jeunes filles, il vient une heure délicieuse... » évoque irrésistiblement la toute première phrase du roman : « Il se trouve dans certaines villes de province des maisons dont la vue... » Mais cette fois, on s'élance pour de bon.) « Il n'y a de beau que les commencements », a dit Mme de Staël. *Eugénie Grandet* prend à cœur de vérifier cette maxime. Balzac orchestre enfin, dans toute sa généreuse radiance, la métaphore solaire qu'il s'était jusqu'alors borné à mentionner. Inondée d'une clarté subite qui l'éclot, Eugénie, du bouton à la plénitude, connaît en accéléré le glorieux développement de la rose, le « primevère de l'amour » (p. 144). On songe à la fois à la porte de Hunding cédant d'un seul coup à la poussée fiévreuse du printemps dans *La Walkyrie* et à l'enchantement du Vendredi Saint de *Parsifal* : miraculeusement, l'hiver fleurit.

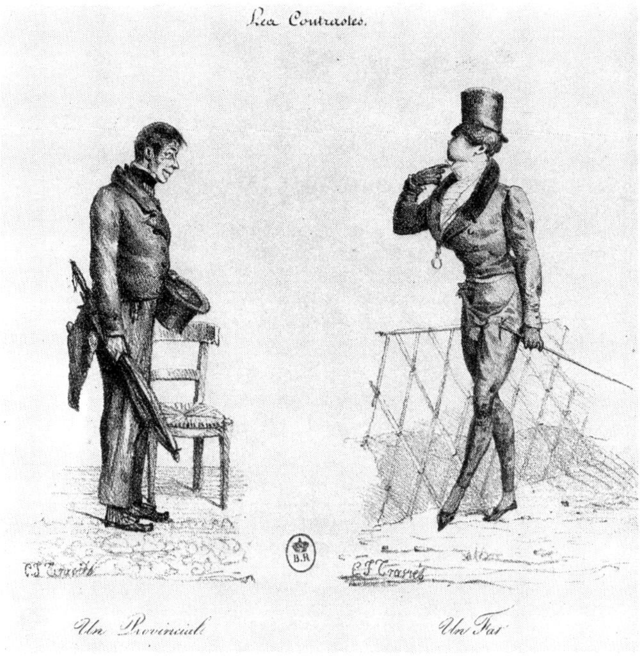

« Monsieur Charles Grandet (...) produisait en ce moment un singulier contraste avec les bons provinciaux que déjà ses manières aristocratiques révoltaient passablement [...]. »
Les Contrastes : Un Provincial, un Fat. Lithographie de Traviès. Bibliothèque nationale, Paris.
Ph. Bibl. nat.

Il est très symptomatique qu'avec ses yeux où, dirait-on, vient de pénétrer pour la première fois la lumière, ce soit justement à ce moment-là qu'Eugénie se prenne à considérer son jardin, et que Balzac en ait retardé la description jusqu'ici (p. 74). Le moi s'étant mis à exister, il peut enfin envisager l'univers qui existe pour lui à son tour. Significativement, sont semées dans ce jardin des promesses d'union et de bonheur : une vigne *embrasse* la poulie du puits, le sarment *s'attache* au mur, les plantes grimpantes *se marient* à la grille... Les cheveux de Vénus (!), avec leurs couleurs « gorge de pigeon » — volatile connoté de tendresse conjugale —, transforment l'enclos en boudoir, ou en temple de la déesse qui protège ceux qui s'aiment. Ce premier matin de soi semble être aussi un premier matin du monde : « Un jour pur et le beau soleil des automnes naturels aux rives de la Loire commençaient à dissiper le glacis imprimé par la nuit aux pittoresques objets, aux murs, aux plantes qui meublaient ce jardin et la cour. Eugénie trouva des charmes tout nouveaux dans l'aspect de ces choses, auparavant si ordinaires pour elle. Mille pensées confuses naissaient dans son âme, et y croissaient à mesure que croissaient au-dehors les rayons du soleil » (p. 74). L'être moral sort du brouillard en même temps que le paysage, les harmonies du cœur trouvent romantiquement (et sans qu'Eugénie ait eu besoin d'aller en copier l'idée chez les poètes) leurs correspondances analogiques dans les harmonies de la nature ; les unes et les autres bruissent musicalement et s'éveillent, suscitées par un tropisme instinctif vers la source de toute vie et de toute signification. On comprend pourquoi Balzac, comme pour le jardin, a attendu si longtemps pour nous offrir le portrait d'Eugénie, qu'il va enfin nous détailler dans la scène « au miroir », inévitable dans la mesure où, pour se rassurer, le moi éprouve le violent besoin de se croire digne de l'autre (et, en général, commence par se dévaloriser et conclut à son indignité). C'est l'éternel « Dis-moi que je suis belle... », où s'entend moins la caresse de la vanité que le doute sur ses propres mérites. Il est temps de décrire Eugénie, puisqu'elle vient d'accéder à l'Être, ou plutôt aux franges de l'Être, d'où elle va peu à peu « tendre », comme on disait au temps de la préciosité, vers le cœur de cet étrange pays du cœur où elle ira, volant de découverte en découverte, incrédule, éblouie, et surtout avec un confondant naturel.

Bientôt ses regards, magnétisés par la présence de Charles, laissent échapper des éclairs, des scintillements où se laissent lire « de jeunes pensées d'amour » (p. 90). Balzac passe au scanner cette complexité psychologique extrême, d'autant plus difficile à saisir qu'elle se condense avec une rapidité folle, en l'espace de quelques heures où se décide la vie. Allant au-devant des critiques qui pourraient lui reprocher l'invraisemblance de cette maturation précipitée, Balzac l'explique non seulement en rappelant, avec Boileau, que le vrai peut quelquefois n'être pas vraisemblable, mais surtout en l'éclairant par le passé d'Eugénie : plus son existence a été paisible et vide, plus elle doit avoir sourdement accumulé des forces susceptibles, à la moindre étincelle, de se déployer avec une soudaineté explosive. Il faudrait, avec une minutie que Balzac estime inaccessible peut-être au roman (ce en quoi Proust lui donnera tort), pouvoir « mesurer la force des liens, des nœuds, des attaches qui soudent secrètement un fait à un autre dans l'ordre moral » (p. 107). Seule cette concaténation, rendue évidente, permettrait de restituer dans les comportements une logique qui, la plupart du temps et par la force des choses, échappe à l'observateur extérieur, et de manière superlative dans une expérience comme celle de l'amour, qui fond au creuset du désir des matériaux si fins et si disparates. Recourant à un terme qui n'a peut-être pas été perdu pour Michel Leiris, Balzac prétend que la tâche idéale du romancier, sans doute utopique, devrait être d'isoler et de suivre au scalpel les « fibrilles » (*ibid.*) de la passion qui l'intéresse. Reconnaissons que, dans le cadre assez restreint d'*Eugénie Grandet*, il a réussi à donner une idée suffisamment riche de tous les ingrédients diversement dosés qui entrent dans l'amour de l'héroïne (en particulier la pitié, dédouanée par l'alibi chrétien — consoler les affligés ! —, et la maternité transposée puisque, par un bienfait du Ciel, Charles est aussi orphelin de mère...). D'une manière générale, l'étude de la cristallisation est menée de manière très convaincante d'après les critères offerts par la situation de base (chasteté, piété, etc.), et on n'aurait pas de peine à établir des points de contact avec le traité théorique de Stendhal[1] : on se demande si Balzac ne s'y réfère pas implicitement lorsqu'il montre Eugénie soucieuse d'« acquérir de nouvelles preuves des nobles qualités » qu'elle éprouve l'impérieuse nécessité de prêter à celui qu'elle a choisi (p. 135), et donc incapable d'interpréter correctement la lettre de Charles à sa maîtresse : elle la lit à travers un prisme déformant sur lequel elle a projeté sa propre pureté (p. 132), parce qu'elle doit à tout prix idéaliser. Elle ne lit pas ce qui est écrit, et qui devrait l'alarmer, elle écrit la lettre qu'elle voudrait lire. On pourrait y voir une parfaite application de l'axiome stendhalien : « L'amour est la seule passion qui se paie d'une monnaie qu'elle fabrique elle-même[2]. » Grandet, il va de soi, ne se paiera jamais de cette intangible monnaie-là.

1. *De l'amour* (1822).

2. *Ibid*, fragment 145, Folio (p. 306).

Pour la première fois, la maison Grandet semble respirer, vibrer, parce que pour la première fois quelqu'un y est heureux par le cœur. L'escalier vermoulu se transfigure en lumineuse échelle de Jacob, parce qu'il conduit à *sa* chambre (p. 111). Ces ondes sympathiques qui parcourent et émeuvent un espace immémorialement rechigné ne vont pas tarder à faire fondre les obstacles : cousin-cousine communient à l'unisson dans une révélation partagée. Le fat à la désinvolture étudiée, à l'impertinence si parisienne, sous le coup de massue du suicide de son père, d'un seul coup abdique sa superbe et manifeste des qualités qu'on n'aurait pas soupçonnées en lui. Le remords incurable de l'étreinte distraite — parce qu'on ne savait pas qu'elle serait la dernière (p. 100) — est l'indice d'une nature restée intacte, sous l'affectation de surface. Souffrant véritablement, le dandy n'est plus dandy ; le malheur le rend à l'authenticité et rejette loin de lui les oripeaux du paraître. Fertile s'avère la visitation de la mort, puisque c'est de ce traumatisme du deuil que va peu à peu se nourrir une nouvelle vision du monde, chargée d'espérance et d'un sens inattendu. Si Charles a ouvert Eugénie à une sensibilité inconnue, d'elle il reçoit l'initiation à un ordre de la simplicité et de la vérité oblatives que jusqu'alors il n'avait pas su voir. Dessillé par la vertu active de la bonté qui le réconforte, il est le bénéficiaire d'une conversion, en ce sens que ce qu'il avait superficiellement interprété comme candeur plus ou moins nigaude d'une province arriérée lui apparaît désormais sous le jour d'une pureté rare, émanant d'êtres que la fausseté du monde n'a jamais effleurés. Oui, Eugénie est une « innocente », mais au sens le plus fort et le plus beau de ce mot si souvent parodiquement dégradé : incapable de faire le mal et même de le concevoir, elle est sans doute moins désintéressée qu'elle ne croit en consolant ce beau jeune homme en détresse ; mais qui oserait suspecter la sincérité, l'élan artésien de ses soins ? Tout dénaturé qu'il ait pu être par ses débuts dans la vie élégante, Charles a gardé, malgré Annette, une certaine virginité qui se revigore dans la mouvance dépurative d'Eugénie. Il interprète dorénavant de tout autre manière ce dont il se gaussait la veille ; sur les pas d'une pauvre fille il entre au Sanctuaire où l'on ne ment plus. Ses larmes changent de signe : la reconnaissance — dans tous les sens du terme : en connaissant Eugénie pour ce qu'elle est, il la *reconnaît* en effet — succède à l'affliction (p. 112). Si, en quelques heures, il a fait d'Eugénie une femme, en quelques heures la douleur accouche en lui, au forceps, d'un homme qui découvre un amour dont il n'avait aucune idée, un amour pour lui fabuleux.

Comme dans un champ de limaille traversé de flux qui le bouleversent et opèrent des regroupements inédits, la présence de Charles et son désastre accentuent un clivage déjà sensible dans la famille, mais qui s'aggrave décisivement et prend l'allure d'une fracture irrémédiable : d'un côté le père, en face tous les autres (que des femmes), soudés dans une sorte d'union sacrée, chacun à sa place et à sa façon, autour du malheureux aussitôt adopté. Le lien de parenté (même si jusqu'à ce jour fatal, n'ayant jamais été cultivé, il était resté purement théorique) sert évidemment de commode justification à ces débordements de dévouement complice : on feint de se serrer les coudes, on reste entre soi. Si l'Évangile nous enjoint d'aimer notre prochain, *a fortiori* nos cousins. Dès lors peut se déployer autour de l'éprouvé, en toute bonne conscience, la guirlande d'une triple assistance : de Nanon à Mme Grandet et jusqu'à Eugénie, on parcourt tous les degrés d'intensité et d'efficacité de ce que la bienveillance féminine peut offrir à un homme, sous la bénédiction — pour le moment tenue secrète, prudence oblige — d'un Dieu qui recommande ces secours. Que l'idylle soit toute teintée de religiosité ne saurait surprendre. La pieuse Eugénie est bercée par les mots d'amour (même quand ils sont adressés à une autre, dans la lettre à Annette : aux purs tout est pur...) comme par l'orgue modulant le *Venite adoremus* (p. 132). Dans le calme de l'*hortus conclusus*, qui a quelque chose d'ecclésial (p. 145), les deux tourtereaux semblent poursuivre une *sacra conversa-*

zione sur laquelle plane une douceur mystique. Ce n'est pas seulement une plongée dans la fraîcheur d'une enfance retrouvée ; pour Charles (l'amour est plus que jouvence, il est genèse), c'est la découverte d'une nouvelle dimension : « la sainteté de l'amour ». Comme ailleurs (qu'on songe au dispositif binaire sur lequel repose *Le Lys dans la vallée*, avec Félix entre Mme de Mortsauf et Lady Dudley), Balzac oppose manichéennement le charisme spécifique de l'amour provincial, peu brillant mais substantiel et véridique, aux orageuses voluptés de l'amour des capitales, contraste où se retrouve l'éternel dilemme entre l'archaïsme, qui est aussi authenticité et profondeur, et la modernité, qui est aussi instabilité et fragilité (*ibid.*). En province, les sentiments sont comme les habitudes : indéracinables ; vue sous un autre angle, la routine s'appelle fidélité. Ce qu'il a donné une fois, le provincial ne le reprend jamais : le manque d'imagination peut se faire vertu.

On ne se dissimule pas le côté simpliste du diptyque, mais c'est sur lui en grande partie qu'est fondé le roman. Balzac se donne passablement de peine pour nous faire admettre les effets prodigieux, si rapides et si complets, de cette salutaire retraite (y compris au sens conventuel) qu'ont ménagée à Charles le destin et l'amour d'Eugénie. Voir un des ornements du Boulevard, un lion

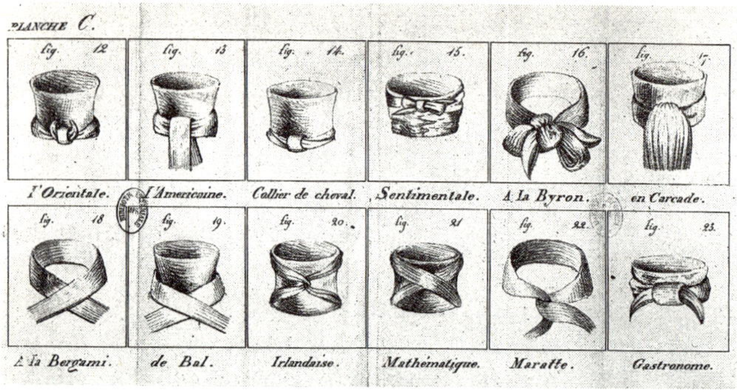

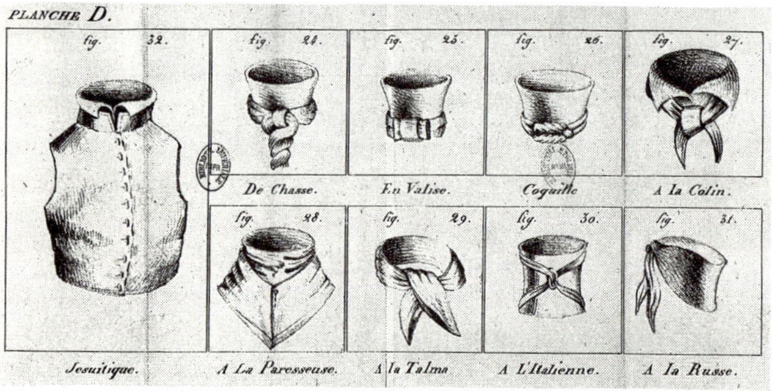

« Il emporta toutes les variétés de cols et de cravates en faveur à cette époque. Il emporta deux habits de Buisson et son linge le plus fin. »
Planches lithographiées extraites de (Balzac [Honoré de]) *L'Art de mettre sa cravate de toutes les manières*... par le Baron Émile de l'Empesé. Paris, impr. de H. de Balzac, 1827.

d'Opéra si gracieusement rugissant, prêter ses mains à la mère et à la fille pour dévider leurs écheveaux (p. 146), ou lire avec elles les litanies de la Vierge (p. 150), est évidemment un spectacle qui susciterait l'ironie, ou du moins le scepticisme — on imagine la tête d'Annette ! — si l'on ne savait que, par définition, l'amour fait des miracles. Notons que, s'il reste littéraire jusque dans ses renoncements, Charles a troqué une littérature pour une autre : foin de W. Scott et de Byron comme du temps (si récent) de son éclat mondain ; cette fois, c'est Eugénie qui devient l'héroïne de textes qu'elle n'a pas lus : les douceâtres rhapsodies d'Auguste Lafontaine, tout humides de sentimentalité bourgeoise, mais surtout, à des hauteurs incommensurables, la Gretchen de *Faust*, « moins la faute », bien entendu (p. 146). (On pourrait se demander où se cache Méphisto.) Qu'Eugénie ait une conception et une pratique « allemandes » de l'amour, telles que, dans l'érotique comparative de l'Europe, Mme de Staël en avait fixé le modèle, repris par tout l'imaginaire romantique (et par exemple Stendhal dans son traité), c'est très clair : seule une rêveuse et virginale fille du Rhin (plus que de la Loire) pourrait se persuader, comme elle le fait, d'avoir contracté de « saintes fiançailles » (p. 108) sous prétexte d'être entrée furtivement chez un jeune homme — en tout bien tout honneur, faut-il le préciser. Eugénie pénètre de plein droit et de plain-pied dans le panthéon de la poésie germanique : trop honnête, trop sérieuse pour être vraiment française. A-t-elle jamais ri ?

Délicieusement portée par le courant du cœur, Eugénie s'accroche à sa félicité « comme un nageur saisit la branche de saule pour se tirer du fleuve et se reposer sur la rive » (p. 146). Peut-être y a-t-il, au fond de ce soulèvement si intense et si total, quelque chose de désespéré, l'obscure conscience que c'est sa chance qui passe, qu'il faut l'attraper à tout prix. Elle sait que Charles ne restera que quelques jours à Saumur. L'urgence est terrible, il faut brûler ses vaisseaux, les petits atermoiements ne sont pas de saison. Dans l'immédiateté avec laquelle Eugénie donne son trésor, on peut voir aussi bien un geste de générosité « de nature », qu'une stratégie plus ou moins consciente pour créer de l'irréparable, nouer un lien qui ne puisse plus être défait. Cet acte exorbitant s'accomplit avec une facilité souveraine, comme allant de soi. Or pour or, mais de part et d'autre dématérialisé : celui qu'Eugénie donne à Charles ne servira qu'à laver l'honneur du nom et préparer le moment où il sera possible, grâce à l'or, d'oublier l'or dans l'extase amoureuse ; quant au nécessaire-reliquaire laissé en gage par le voyageur, ce n'est pas sa valeur marchande, nullement négligeable, qui en fait le prix, mais qu'il s'agisse d'un don de sa mère, et tout ce qui lui reste d'elle ; il parachève par sa signification spirituelle (n'est-il pas, avec les portraits des parents défunts, un tabernacle symbolique, un gage de la présence réelle, au-delà de l'absence ?) l'accord profond avec Eugénie sur la seule valeur essentielle, l'amour plus fort que la séparation (p. 139). La poignée de main convulsive qu'elle donne à son cousin lorsqu'il confie son horreur à l'idée de profaner cet objet du culte en en tirant de l'argent, dont il aurait pourtant le plus urgent besoin, confirme à quel point elle communie avec lui. C'est un véritable sacrement qui s'échange : « Entre nous, n'est-ce pas ?... l'argent ne sera jamais rien. Le sentiment, qui en fait quelque chose, sera tout désormais » (p. 140). Les âmes s'épousent, et le baiser « le plus pur, le plus suave, mais aussi le plus entier » (p. 150), salué par le bruyant « Ainsi soit-il ! » de Nanon, paraphe ce qui n'aurait pu se sceller davantage par une cérémonie à l'autel. Eugénie n'est pas un pur esprit. On aurait pu l'oublier, et certaines lectures affadissantes l'oublient : elle a un corps, nullement asexué, prêt à jouir, à faire jouir. Peut-être (ou plutôt sans doute) tout ce qui lui arrive de si extraordinaire tient-il à la redécouverte enfiévrée de cette évidence trop longtemps étouffée. Il importe donc que cette étreinte nuptiale ne soit pas effleurement éthéré, mais abandon profond, don actif et plaisir incarné. Balzac qui, pour les besoins de sa démonstration, en rajoute dans le céleste, nous en a tout de même assez indiqué pour qu'on puisse imaginer une Eugénie érotiquement épanouie et qui, de ce point de vue-là *aussi*, aurait rendu son mari heureux.

C'est bien le dernier acte du réveil de la Belle au Bois Dormant. Seulement, la fusion qui donne la vie est aussi inoculation assassine[1]. Le Prince Charmant offre à Eugénie le seul baiser qui se posera jamais sur ses lèvres — mais c'est le baiser de la mort.

1. Cf. John Gale, « "Sleeping Beauty" as ironic model for *Eugénie Grandet* », pp. 28, 32.

IV LA RÉVOLTE

Trop de lectures mièvres d'*Eugénie Grandet* ont occulté la rare brutalité qui y règne, explicitement et tacitement. Les affrontements s'y déchaînent avec d'autant plus d'intensité que leur théâtre est une arène strictement close par l'intimité domestique, n'en laissant rien, ou à peu près, éclabousser au-dehors. C'était d'ailleurs, on l'a vu, le dessein avoué de Balzac de créer un pathétique nouveau par l'analyse de ces conflits qui déchirent le tissu secret des familles, et dont ne se trahissent que quelques indices indéchiffrables au regard extérieur. De ce point de vue, il est clair qu'*Eugénie Grandet* transpose avec une efficacité particulière, dans un milieu qui *a priori* leur semblait étranger, voire contraire, avec des enjeux qui naturellement ne sont pas les mêmes, mais pas aussi différents qu'on aurait pu croire cependant, les ressorts de la tragédie, surtout en ce qui concerne l'entre-brisement sans issue de forces passionnelles à la fois exclusives les unes des autres et nécessaires absolument.

HUMILIÉES ET OFFENSÉES

La puissance du dispositif romanesque d'*Eugénie Grandet* tient beaucoup à sa concentration toute classique. Aucune déperdition. Un « noyau dur », constitué par Grandet et sa fille, entouré de deux comparses plus ou moins éloignées de l'épicentre du problème. Un élément venu d'ailleurs, qui mettra le feu aux poudres et disparaîtra, laissant un sillage ineffaçable. C'est tout. Il est difficile de faire plus « économique » ; Balzac se montre avare, comme Grandet. En rabattant tout l'intérêt (et les intérêts) sur un nombre minimal de « pôles actanciels », il assure à son récit une densité maximale, le surchauffe en circuit étanche à la température des hautes crises, que seul permet d'atteindre le refus de tout éparpillement. À quoi s'ajoute que sont mis en présence deux camps fortement inégaux en nombre, et déséquilibrés aussi du point de vue sexuel : trois femmes contre un homme. Mais cette revue des forces est trompeuse, car Grandet est vraiment *nec pluribus impar*. Il domine sans partage son harem en despote (non éclairé). Trois ne parvient pas à faire le poids contre un, et on n'insistera pas sur tout ce qu'une vision féministe pourrait tirer de cette monstrueuse anomalie, bien révélatrice d'une injustifiable oppression phallocratique (explicable par l'époque, la province, la singularité psychologique de Grandet, etc.).

Il y a évidemment quelque chose de subjuguant dans la manière dont, sans aucune discussion possible ni même imaginable, Grandet écrase de son autorité le trio de ses femmes. En ce qui concerne Nanon, il va de soi. Elle lui doit tout. Il l'a recueillie alors qu'elle cherchait en vain du travail : son physique de grenadier rebutait les employeurs... Bien à tort ! Ce n'est naturellement pas la charité chrétienne qui a poussé le tonnelier à l'engager à son service, mais son sens aigu, infaillible, du placement : il a vu tout de suite quel parti il pourrait tirer « d'une créature femelle taillée en Hercule, plantée sur ses pieds comme un chêne de soixante ans sur ses racines, forte des hanches, carrée du dos, ayant des mains de charretier, et une probité vigoureuse comme l'était son intacte vertu » (p. 36). C'est son intérêt à lui qui, comme toujours, a primé. Nanon, en fait, ressemble à

Grandet, qui l'a sauvée parce qu'il l'a reconnue, non seulement à cause de ses verrues (qui rappellent la fameuse loupe), mais par son infatigable activité, sa dureté envers soi-même, sa parcimonie. Cette serve au grand cœur se laisse exploiter « féodalement », avec une reconnaissance et une fidélité canines ; elle fait partie des meubles, est elle-même une sorte de meuble presque humain (pas tout à fait), incroyablement utile et fiable, inusable. Ce qui la rive d'ailleurs plus que tout à son maître, c'est qu'il ne la rudoie pas trop (p. 37), lui manifeste dans son style bourru une sorte d'affection comme on en a pour une bête, l'invite même à venir filer au salon, avec le beau linge : tout le monde est de la côte d'Adam (p. 45). Ivresse de cette exaltation loin du trou, du bouge, de la niche où on la relègue d'ordinaire (p. 39). Elle se croit heureuse, et n'a pas la moindre idée de l'aliénation, comme on dirait aujourd'hui, qu'elle subit au quotidien dans cette maison, où elle fait tout et n'est rien. Personnage radicalement non « moderne », Nanon est insensible à ce qu'a d'atroce, d'horrible, cette pitié d'avare qui fait exclamer parfois à Grandet : « Cette pauvre Nanon ! » (p. 38) ; elle y entend au contraire un langage d'amitié qui épanouit en elle la douceur d'une familiarité délicieuse ; elle se sent même parfois autorisée à placer son mot, et Grandet de lui rabattre le caquet comme à une soubrette de

Molière (p. 85), ce qui la ravit, parce que cela l'adopte : le patron la traite comme il traite sa femme et sa fille. Logiquement, elle s'ébroue dans la fierté d'être domestique (d'appartenir à la *domus*), et, face à l'opinion critique, en rajoutera pour défendre l'indéfendable de Grandet (pp. 176-177). Ce « cœur simple » — le mot est dans le texte et ne peut manquer de faire songer à la Félicité de Flaubert[1] —, qui n'a jamais eu de famille, n'aurait jamais cru pouvoir en rêver : le comble de la tyrannie, on le sait, n'est pas d'anéantir ceux qui la subissent, mais de s'en faire aimer.

1. Cf. Princeton University, « Thèmes religieux dans *Eugénie Grandet* », p. 223.

Pour définir Mme Grandet, Balzac utilise à trois reprises une expression qu'il affectionne, et réserve volontiers à des malheureux de province : c'est une « ilote ». Ce renvoi aux esclaves n'étonne pas dans une maison spartiate, et suffirait à rappeler que chez Grandet tout le monde ne jouit pas du même statut : un autocrate de droit divin fait peser son pouvoir sur des citoyennes de seconde zone, ou non-citoyennes — on devrait sans doute dire des « non-personnes ». Cette famille en apparence unie est traversée en profondeur par un implacable apartheid : lui — et les autres, tenues par principe à l'écart, exclues de toute décision, administrées comme des objets et priées de laisser blanc-seing. Mme Grandet est accaparée par une « entière servitude conjugale » (p. 141) ; elle dort, mange et marche selon les

Planches de costume parisien des années 1818 à 1821. Bibliothèque nationale, Paris. Ph. Bibl. nat.

désirs de son mari (p. 143). Sa sécheresse physique révèle un être dont toute la substance a été pompée par cet époux (dont elle pourrait être la fille : il a 70 ans, elle 49), à moins que de tout temps, et comme physiologiquement, elle n'ait été destinée à l'emploi de victime par les mystérieux décrets présidant à la sélection naturelle. Certaines faiblesses appellent des bourreaux.

Avec ce personnage, Balzac crée une psychologie attachante, et beaucoup plus complexe qu'on ne croirait d'abord. Ilote sans doute, Mme Grandet n'a rien d'une idiote. Autrement appariée, elle eût pu déployer les rares qualités qui sont les siennes et qui, morfondues en permanence, se sont repliées sur elles-mêmes et sublimées en pensées de pieuse résignation. Grandet lui a systématiquement coupé les ailes, en l'abêtissant, une fois pris ce qui l'intéressait en elle, c'est-à-dire son argent. En tant qu'être humain, elle n'a jamais existé à ses yeux. Méprisant les femmes en général, il méprise la sienne en particulier : comme elle ne pense pas à l'argent, elle ne doit penser à rien, c'est une ilote « linotte » (p. 163). Exemple parfait de la femme confisquée, qui trouve dans la religion la seule médiation lui permettant de donner sens à cette violence ordinaire qui lui est faite, elle a en elle trop de douceur évangélique pour se révolter, trop de sainte obéissance à son confesseur, qui lui représente son mari comme son seigneur

(p. 42). Il faut admettre que nous ne sommes peut-être plus capables aujourd'hui d'entrer dans une âme de cette qualité, toute nourrie de valeurs qui ne sont plus celles que le discours dominant nous habitue à considérer comme allant de soi. Grande est la tentation de ne voir en Mme Grandet qu'un spécimen de pitoyable bêtise, et de lui reprocher d'avoir lu le Nouveau Testament plutôt que *Le Deuxième Sexe*. Mieux vaudrait tâcher de comprendre, dans ce milieu et à cette époque, la « fierté sotte et secrète », la « noblesse » de cette martyre inconnue : entendons bien qu'il est sot d'être fier avec quelqu'un comme Grandet ; que la sottise de Mme Grandet est aussi son héroïsme, et son humiliation acceptée, le sublime paradoxal qui, au fil du temps, fera de sa vie un calvaire où se consacrera le mystère chrétien du sacrifice. Ce n'est pas parce que tout nous rend désormais étrangers à ce mystère-là qu'il faut nier qu'il existe et qu'il signifie.

Un des traits particulièrement soulignés par Balzac est l'intuition sympathique, au sens le plus fort, avec laquelle Mme Grandet comprend tout tout de suite d'Eugénie et lit dans son cœur à livre ouvert, comme par un transfert de pensée et de désir qui en dit long sur ses frustrations intimes. On a affirmé[1] qu'Eugénie ne parvient jamais à transcender son lien « homosexuel » avec sa mère, et que l'amour excessif qu'elle

1. N. Schor, *op. cit.*, p. 92.

porte à son cousin est marqué par cet attachement persistant. N'est-ce pas plutôt en sens inverse qu'il convient de voir les choses ? De femme à femme, quelque chose passe profondément, quelque chose de siamois (p. 86), dans la peur des risques de l'amour, la conviction aussi que sans amour la vie n'est rien : « Prends garde, tu l'aimerais » (p. 100). Cet avertissement est aussi, indissociablement, invitation, par laquelle Mme Grandet contribue à donner nom et élan à cette nébuleuse indifférenciée qui s'agite confusément en Eugénie. Elle est payée — ou plutôt elle a payé — pour savoir de quelles catastrophes sont gros les sentiments, mais elle en jeûne trop pour ignorer que les sentiments sont le pain de l'âme. Sous les effarouchements, elle va passionnément s'identifier à Eugénie, épouser le parti de la belle et nécessaire imprudence du cœur. Pour « couvrir » sa fille, elle prendra sur elle-même la responsabilité des actes délictueux (p. 88), les contresignant comme si elle eût voulu les poser elle-même pour son propre compte, et les vivre. Au plus effroyable de la crise domestique, elle va déployer des ressources inespérées de courage, c'est-à-dire de dissimulation, pour désarmer et détourner l'ire de Grandet ; elle osera jusqu'au mensonge (pp. 170-171). Cette vie comme liquéfiée s'affermit singulièrement sur le tard ; une sorte de transfiguration physique inattendue vient manifester les extraordinaires progrès spirituels qu'elle a accomplis (ainsi, à sa manière, aura-t-elle été elle aussi modifiée, révélée, par le passage de Charles). En elle, « les lambeaux de l'être humain » (p. 176) se consument sous l'effet des souffrances ; baudelairienne alchimie de la douleur, qui culmine dans la gloire d'une mort exemplaire, où l'on dirait que tout ce qu'il y avait de matériel s'est épuré, pour ne plus laisser transparaître que la lumière venue du dedans : « Les rayons du ciel la faisaient resplendir comme ces feuilles que le soleil traverse et dore » (p. 186). Rédemption de l'or qui damne par un or qui sauverait, si Grandet était capable d'en comprendre, et même d'en apercevoir, la leçon.

Ainsi, vaincue, Mme Grandet est aussi victorieuse ; mais pour imaginer cette victoire, il faut la peser en d'autres balances que celles qui servent à Grandet pour évaluer les bijoux de son neveu.

COMMENT L'ESPRIT VIENT AUX FILLES

C'est un climat de terreur politique qui, à partir de l'arrivée de Charles, s'est abattu sur la maison Grandet. La résistance clandestine s'organise. À peine l'oppresseur a-t-il tourné les talons, on respire — dans la crainte perpétuelle d'un retour brusqué. Cela serait comique si ce n'était si triste : la peur panique des souris rentrant précipitamment dans leur trou lorsque survient Félix le chat (pp. 92, 105, 169...), le choc effrayant du marteau sans réplique qui le précède, tel un coup de pistolet au milieu d'un concert (p. 112), constituant tous les autres membres de la famille en délinquants potentiels et les obligeant à se composer un visage, à faire « comme si de rien n'était », réinstallent le lourd couvercle qui bouche le ciel de la vie journalière à Saumur. Tout s'aggrave de manière irréparable dès qu'il y a réellement quelque chose à cacher, où ce qui avait jusqu'alors toujours été accepté comme émanant d'une Loi supérieure et irrécusable va se trouver contesté au nom de valeurs inédites. *Eugénie Grandet*, ou l'attentat contre le Père.

On a pu résumer d'un mot l'itinéraire d'Eugénie : de la résurrection à l'insurrection[1]. Cette fille parfaitement soumise va se trouver sans l'avoir voulu, simplement parce qu'elle est portée par la puissante vague du cœur, entraînée dans les eaux vives du désir, engagée dans une épreuve de force de plus en plus implacable contre la figure la plus proche et la plus médusante de l'Autorité. Ce faisant, Balzac illustre magistralement les ravages de la passion amoureuse, littéralement incalculables : immenses, et renversant tous les calculs, parce que ne calculant pas. Démonstration d'autant plus impressionnante que, comme l'ingénue de *L'École des femmes*, Eugénie est bien apparemment la dernière dont

1. J. Gale, *art. cit.*, p. 33.

on eût attendu la rébellion. C'est le lieu ou jamais de rappeler l'insondable et fulgurante fécondité pédagogique du sentiment, qui « donne de l'esprit à la plus innocente » :

Il le faut avouer, l'amour est un grand maître :
Ce qu'on ne fut jamais, il nous enseigne à l'être,
Et souvent de nos mœurs l'absolu changement
Devient, par ses leçons, l'ouvrage d'un moment ;
De la nature, en nous, il force les obstacles,
Et ses effets soudains ont de l'air des miracles[1]...

1. Molière, *L'École des femmes* (III, 4).

Inaugurée par des peccadilles, la déviance d'Eugénie — jamais théorisée, mais improvisée à chaque instant dans l'évidence d'un soulèvement instinctif — va fil à fil détramer le tissu conjonctif du credo sur lequel elle vivait jusqu'alors sans état d'âme. L'ordre immémorial se délite sous l'effet d'une revendication soigneusement éliminée de l'horizon par un démiurge qui croyait avoir tout prévu. Dévastateur retour du refoulé. Déroute du planificateur.

Cela commence par un accroc bien anodin, une brèche minuscule dont la logique, de proche en proche, amènera Eugénie à descendre jusqu'au fond le *vortex* de la transgression : elle détermine Nanon à allumer du feu dans la cheminée de son cousin, sans en rien dire à son père (p. 57). *Allumer du feu*, produire chaleur, lumière, sens : toute la question est bien là, en effet, dans cette maison-caveau à l'enseigne de l'éteignoir. À peine commise cette première infraction, elle en entraîne d'autres, on commence à glisser sur la pente savonneuse : acheter de la bougie, du sucre... Aimer, c'est aussitôt dépenser. L'effervescence érotique, l'enthousiaste débordement du désir se traduisent immédiatement par la prodigalité économique, le gaspillage du *potlatch*. Le cœur jette l'argent par les fenêtres, merveilleusement affranchi de l'ordre mesquin qui apparaît brusquement pour ce qu'il est : un désordre établi. Mais on ne peut lui échapper : « Ton père voit tout », dit Mme Grandet avec inquiétude (p. 58), comme elle le dirait de Dieu. Il faut bien mesurer ce qu'a de radicalement subversif la désobéissance filiale, dans ce monde archaïque et patriarcal où la Loi du Père se confond avec les commandements du Sinaï, où l'autorité du chef de famille est directement gagée sur la caution et la volonté d'En-Haut. Eugénie, que rien ne prédisposait à ce rôle d'ange rebelle, entre dans la carrière affreuse de ceux qui disent *non* au pouvoir légitime (plus exactement : légal, sinon légitime, pour reprendre la distinction de Balzac à propos de la première grande transaction où s'origine la fortune de Grandet). En même temps qu'elle découvre en soi des continents inconnus, des sentiments inexplorés — la pudeur, par exemple —, Eugénie s'aperçoit pour la première fois du dénuement où est volontairement maintenue la maison, et pour la première fois elle en souffre ; pour la première fois elle a peur de son père et du même mouvement fait l'expérience de la culpabilité (pp. 77-78). Elle entre dans l'univers de la faute, qui, pour une jeune fille profondément croyante, est celui du péché. Mais, par un phénomène moral qu'elle éprouve impérieusement sans avoir les moyens de l'analyser, plus elle se sent faillir à tout ce qu'elle doit au code appris, plus elle se sent confortée dans tout ce qu'elle *se* doit par rapport à un nouveau catéchisme, dicté par les exigences du cœur ; elle y puise une force inouïe, sur laquelle elle va s'appuyer pour affronter, d'une manière de plus en plus provocante et résolue, des oukases qu'elle n'accepte plus.

Très vite on en arrive à des initiatives irréparables comme celle du déjeuner, à la fois modique (objectivement) et monstrueux (par rapport aux habitudes ascétiques imposées par Grandet), qu'elle offre à Charles après avoir fait « main basse » comme une voleuse sur les provisions de la cuisine, en regrettant de ne pouvoir « mettre à sac » toute la maison (p. 88). La démultiplication compulsionnelle d'énergie dont elle fait preuve pour organiser cette orgie sardanapalesque ou byzantine — dont le bénéficiaire ne se doutera même pas ! — est profondément prédatrice et relève de la razzia : Grandet ne s'y trompera guère, en assurant à Charles que ces femmes devenues folles seraient prêtes à mettre Saumur « au pillage » pour lui (p. 94). Plus tard, il les accusera d'être capables de démolir les planchers pour lui faire cuire un œuf (p. 105), de vouloir en somme la Révolution (p. 97). Pronostic fort clairvoyant : le propre de cette dévorante flamme est d'exiger toujours plus en pâture, son aliment s'appelle surenchère. Le premier choc frontal a lieu lorsque Grandet, furibond de voir du sucre sur la table, conseille rudement à son neveu d'adoucir son café avec du lait (la vache est dans la maison — c'est encore la campagne à la ville — et ça ne coûte donc rien) : avec une sidérante impertinence qui fait vaciller le monde Grandet sur ses bases, « Eugénie reprit la soucoupe au sucre que Grandet avait déjà serrée, et la mit sur la table en contemplant son père d'un air calme. Certes, la Parisienne qui, pour faciliter la fuite de son amant, soutient de ses faibles bras une échelle de soie, ne montre pas plus de courage que n'en déployait Eugénie en remettant le sucre sur la table » (p. 93). Balzac est prodigieux dans ces luttes terribles à propos d'enjeux apparemment dérisoires, et se flatte à bon droit de créer un romanesque inédit, typiquement provincial, beaucoup plus palpitant à sa

« L'horreur de la mode était le seul point sur lequel les Grassinistes et les Cruchotins s'entendissent parfaitement. »

La Mode, gravure anonyme XIXe. Bibliothèque nationale, Paris. Ph. Edimédia.

manière que le déferlement spectaculaire des aventures auxquelles le roman mondain nous a habitués. Dans ce regard serein, mais inentamable, d'Eugénie sur son père, il y a un *Non serviam !* définitif, une émancipation, un meurtre. Pas une parole n'est dite, les comptes se régleront plus tard, mais déjà l'essentiel a eu lieu, un effondrement central s'est produit. Plus rien ne sera comme avant. Devenue adulte, ou le devenant, Eugénie commence à juger celui qui jusqu'alors lui avait paru, comme Dieu, transcendant à toute critique, aveuglément révéré. Son insensibilité devant le deuil qui frappe Charles, et devrait le frapper aussi (c'est de son frère qu'il s'agit...), la rugueuse vulgarité de son indifférence révèle à Eugénie qu'il n'y a rien de commun entre eux. Avec cette constatation sacrilège, la tunique sans couture se déchire, et tous les travaux d'aiguille de la fille et de sa mère ne pourront la réparer.

Le « déshonneur » de Charles, auquel Eugénie, abusée par la présentation mensongère que son père vient de lui donner de la faillite, ne peut évidemment que croire, donne tout son poids de transgression parfaitement consciente à ce qu'elle va risquer pour lui. Eugénie n'est pas égarée par le délire, elle sait ce qu'elle fait et vit le drame de son insoumission en pleine lucidité. Il le faut. Il y aurait certes quelque abus à la voir en Antigone (car ce qui la fait agir, c'est l'égoïste générosité du cœur, non le respect sacré de lois non écrites et universelles), il n'empêche qu'elle invalide le pouvoir officiel et proteste au nom d'imprescriptibles devoirs, plus hauts et plus urgents que ceux que la règle lui impose. Et dans ce pseudo-dérèglement elle a la puissante conviction de remettre au contraire les choses à leur place. Mais bientôt tout la froisse. Elle se permet de lever les yeux au ciel de manière significative lorsque son père refuse de s'habiller de noir (p. 104). Et sa vie spirituelle se détraque, en plein chamboulement des repères : le soir de l'arrivée de Charles, pour la première fois de sa vie, elle ne finit pas ses prières (p. 72) ; son sommeil n'est plus aussi profond ni aussi pur qu'auparavant (p. 106) ; elle manquera sous peu la grand-messe (p. 160). D'une part, cet amour pour Charles, elle est persuadée que Dieu le veut ; de l'autre, elle outrage Dieu à travers son père. Prise en écharpe, elle souffre mais a fait son choix et ne le regrettera pas. Les critiques qui ont dénoncé à plaisir sa prétendue insipidité religieuse n'ont pas voulu voir ce qu'il y a d'impénitence assumée, sans forfanterie ni défi bien entendu, mais avec une fermeté têtue, dans son attitude, sciemment exposée à ce qui doit être le pire pour quelqu'un de son éducation : la perspective de se mettre au ban, hors communion. Écartelée, elle voudrait pouvoir concilier amour profane et amour divin, mais prenant acte de l'impossibilité de surmonter cette divergence à la suite du veto édicté par l'Institution, elle en reste au parti qu'elle a pris, n'en rabat rien, s'obstine, et en vient, non sans tourments, mais comme naturellement, à préférer Charles à Dieu tel que le représente son lieu-tenant sous la figure paternelle. Crucifiante récusation, nécessaire pourtant. Eugénie n'est pas une pétroleuse ni une pasionaria, elle n'élève pas la voix, ne déclame pas en faveur de la libération de la femme, etc. On est fort loin de George Sand, qui, la même année qu'*Eugénie Grandet*, publie *Lélia* ! Mais dans le secret, elle agit. Et va jusqu'au bout de la dissidence. C'est-à-dire jusqu'au bout du don.

On aimera voir un symbole dans la salamandre ornant le meuble dans lequel elle a caché son trésor (p. 136) : emblème de vie ardente, flamboyante, celle-là même qu'elle goûte enfin au moment de s'offrir. Le sexe d'Eugénie est intouchable, il va de soi, et tant qu'elle n'appartiendra pas à Charles par les liens du mariage, il restera intouché. Pour consacrer leur union, le substitut qui s'impose ne peut évidemment être que la chair dorée de ces merveilleuses pièces dont l'inventaire câlin constitue le moment le plus sensuel du roman. En donnant cette bourse qui lui vient de son père (et doit lui servir de *douzain* matrimonial), elle consomme la trahison, détourne au profit d'un autre ce qui devrait être réservé à celui que l'Autorité lui aura désigné. Forfaiture perpétrée sans véritable débat interne, avec un allant qui va de soi. Sur le moment, l'exorbitance de la chose n'apparaît pas, camouflée par la toute-puissante houle du sentiment, qui emporte comme graviers les scrupules. Eugénie a menti (par omission), s'est dressée avec une douceur inflexible contre le principe ordonnateur qui disposait de sa vie ; lui retirant son aveu, elle l'a secrètement évidé de toute prégnance. Lorsque au départ de Charles elle exprime le souhait d'avoir « la puissance de Dieu » (p. 153), elle désigne le terme ultime de son usurpation, ou plutôt de sa reconquête : prendre la place du Père. Tout simplement.

LES ATRIDES DES BORDS DE LOIRE

On a souvent relevé que les grands passionnés balzaciens se dressent avec une compacité monolithique, où l'on chercherait en vain quelque faille. Ils ne sont que leur désir, monomaniaquement tendu vers son assouvissement, et semblent, par on ne sait quel instinct de survie, mis au service de leur seule préoccupation, avoir éliminé en eux toute sécrétion d'anticorps susceptible de freiner l'épanouissement du cancer qui les fait exister. Cette vision d'une force cohérente avec elle-même, puissamment homogène, ne se dispersant pas, et que

« Tous les trois prenaient du tabac et ne songeaient plus depuis longtemps à éviter ni les roupies, ni les petites galettes noires qui parsemaient le jabot de leurs chemises [...]. »
Les Fumeurs et les Priseurs, lithographie de Delpech d'après L. Boilly. Bibliothèque nationale, Paris. Ph. Bibl. nat.

rien ne contrarie dans le développement de son potentiel énergétique, s'appliquerait sans discussion à Grandet si certaines indications de Balzac ne nous laissaient entrevoir que cet homme de bronze a son talon d'Achille, en la personne de sa fille, « le seul être qui lui fût réellement de quelque chose » (p. 29). On serait fugitivement tenté d'échafauder un scénario émouvant, où l'amour paternel réussirait à se frayer un chemin dans les replis profonds de l'avarice. On observerait, par exemple, avec quelle faiblesse inattendue ce despote qui ne cède jamais accepte finalement de donner à Nanon de quoi cuire une galette puisque Eugénie le souhaite (il est vrai qu'il achète cette largesse par l'interdiction compensatrice d'augmenter la ration de sucre, p. 79). Mais cette notation conduit à une impasse. Bien sûr, Grandet « aime » sa fille, à sa manière ; il l'aime parce qu'elle est « sa seule héritière » (p. 29). Remarquons au passage que Grandet s'est bien gardé de faire à sa femme plusieurs enfants. Sans doute eût-il de beaucoup préféré avoir un fils, qui aurait gardé la fortune à son nom. Mais l'essentiel est de ne rien éparpiller de la précieuse semence foncière et mobilière, de ne pas l'amoindrir en la partageant. En Eugénie, ce que choie Grandet, c'est bien entendu la transmission. Il ne la considère jamais pour elle-même, dans son autonomie et *a fortiori* dans sa différence, il la considère toujours dans sa fonctionnalité généalogique. Il faut que, grâce à elle, l'avare en disparaissant puisse être sûr qu'on criera : « Grandet est mort, vive Grandet ! » C'est ainsi, et non autrement, qu'il faut interpréter les marques, dont certaines sont étonnantes, de sa tendresse. Il est assez curieux, par exemple, qu'un père vienne encore surprendre sa fille de vingt-trois ans dans son lit, fût-ce le jour de son anniversaire (p. 40)... On verra mieux (ou pire) plus loin. Bornons-nous pour l'instant à souligner combien la « générosité » de Grandet à l'égard d'Eugénie est sujette à caution. Depuis qu'elle a dix ans, il lui offre une pièce d'or. Comprenons qu'il *s*'offre une pièce d'or, comme la suite ne le montrera que trop. Ce don en réalité ne vise qu'à « élever à la brochette l'avarice de son héritière », la préparer à être avare le moment venu. Cette libéralité est, comme toujours chez Grandet, un placement, étrangement pédagogique. Il s'agit pour lui de contaminer peu à peu son enfant du virus qui le dévore lui-même, pour qu'un jour, aussi atteinte que lui, elle devienne lui. L'entreprise de cette fausse largesse, strictement calculée, est d'absorption de l'autre, à dose homéopathique.

Car, ne nous y trompons pas, M. Grandet s'est toujours fait une certaine idée de l'éducation (lui qui, apparemment, n'en a donné aucune à Eugénie, estimant sans doute que la seule chose qui comptât pour une jeune fille, c'était d'avoir *du solide*... Emma ira, elle au moins, au couvent. Il est vrai qu'on hésite à dire que ce fut pour son bien). Et ses conceptions sont musclées. Contrairement à son frère Guillaume, qui a trop gâté Charles, l'a laissé libre de toutes ses fantaisies, ne l'a contrarié en rien, souhaitant par-dessus tout lui éviter la misère de ses propres débuts (pp. 62-63), Grandet professe que les enfants doivent être élevés de manière à être capables d'affronter les difficultés de la vie. Là où, dans le malheur de son neveu, Mme Grandet ne veut voir qu'épreuve envoyée par Dieu et occasion de charabia expiatoire, Grandet — et non à tort — dénonce avant tout la faillite d'un projet éducatif, ou plutôt sa désastreuse inexistence (p. 94). Charles n'a en rien été préparé par son père à faire face, quand il ne serait plus là. Grandet, qui ne veut pas tomber dans la même erreur, et sait qu'il mise tout sur Eugénie, prend de longue main ses dispositions pour la rendre semblable à lui, dans un dessein systématique qu'on pourrait littéralement qualifier de pervers, puisque au lieu d'être libératrice et de travailler à sa propre disparition en tant qu'instance autoritaire et modèle à imiter, la paternité ne se propose que de vider le non-moi pour y imprimer une image du moi.

On ne voit pas dès lors comment un conflit majeur entre cette ambition annexionniste et reproductrice de Grandet et les printanières poussées émancipatrices d'Eugénie pourrait être évité, mettant en question dans sa nature même le rapport filial à la figure paternelle. Les premières escarmouches ne sont rien en comparaison de ce divorce d'un seul coup patent sur les rives du fleuve, lorsque, tout à trac et bégayant comme aux plus beaux jours, Grandet déclare qu'il aimerait mieux y jeter sa fille plutôt que de la donner à son cousin (p. 83). Assommée, Eugénie se demande avec épouvante comment le sentiment paternel a pu ainsi s'éteindre au fond du cœur de Grandet. Mais elle se trompe du tout au tout : non seulement ce sentiment-là n'est pas offusqué, mais jamais il n'a été plus intense, plus triomphal qu'en ce moment, jamais il ne s'est affirmé avec plus d'exigeante fierté, posant Eugénie en valeur suprême, digne du plus beau destin. Non pas Eugénie, bien entendu, mais les millions auxquels il l'identifie. On en revient toujours à cette confusion de l'être et de l'avoir, qui est le sujet profond d'*Eugénie Grandet.*

Après le départ de Charles, Eugénie ne cesse d'attendre, de redouter (d'espérer ?) l'éclatement de la grande crise, qui ne peut pas ne pas venir au jour fatal du contrôle rituel de son or. Jamais la symbolique sexuelle du métal n'a été si évidente que dans cette opération où le garant des lois divines et humaines procède à la vérification périodique d'un « petit trésor », où le lecteur le plus candide reconnaîtra sans peine la sacro-sainte virginité dont seul le pater familias peut souverainement disposer. Grandet n'a nullement l'intention de ne pas marier Eugénie, mais il veut la marier à son gré ; le choix du futur, de droit immémorial, appartient au chef de famille (p. 165). Seul ce choix permettra à Grandet de s'en aller absolument sûr que son œuvre lui survivra. Pas question donc pour lui d'abdiquer cette prérogative où se lit la volonté d'épouser lui-même Eugénie par personne interposée. Il y a incontestablement un horizon incestueux latent dans ce roman où un Arnolphe biologiquement père (et non pas seulement d'adoption) rêve de donner sa fille à un homme qui ne serait qu'un double de lui ; et comme il aurait aussi pris soin de rendre préalablement ladite fille copie conforme de lui, c'est vraiment tourner en rond à l'intérieur de soi. « Par lui, avec lui et en lui » : Grandet est bien Dieu, qui ne saurait sortir de lui-même. L'autarcie économique de la famille (on n'achète rien à l'extérieur, tout fonctionne en circuit fermé, p. 27) apparaît ainsi comme profondément significative. Dans ce contexte, la cérémonie biannuelle de l'exhibition publique de l'or d'Eugénie, visant à s'assurer qu'il est intact, ne peut cacher son caractère humiliant et obscène, et cherche à manifester devant tous que le

Père omnipotent continue d'exercer pleine suzeraineté sur un corps qui lui appartient. Découvrir qu'Eugénie a donné son or, c'est découvrir qu'elle s'est donnée — il est d'ailleurs plein de sens que Grandet serait éventuellement beaucoup plus disposé à lui pardonner d'avoir couché avec Charles que de lui avoir livré l'or (p. 168) —, et se voir ainsi plongé en plein dans un chaos où le paisible ordre familial, furieusement bouleversé, bascule dans les affres de la trahison et du meurtre.

Balzac exagère-t-il en voulant nous persuader que Saumur prend ainsi des airs de Mycènes ? En parlant de « tragédie bourgeoise » (p. 160), il invente déjà un bel oxymore, puisque par définition le tragique est ce qui s'avère radicalement incompatible avec le bourgeois ; mais en spécifiant que cette « terrible action », quoique « sans poison, ni poignard, si sang répandu », est, « relativement aux acteurs, plus cruelle que tous les drames accomplis dans l'illustre famille des Atrides » (*ibid.*), il place la barre très haut et le lecteur, peu enclin à voir se profiler derrière Grandet l'ombre gigantesque d'Agamemnon ou derrière Eugénie celle d'Électre, serait tenté de se demander si ces références, au lieu de magnifier les personnages du roman, ne les écrasent pas plutôt, et pour tout dire doivent être véritablement prises au sérieux. La réponse est pourtant oui, indubitablement. C'est même, nous le savons, l'un des traits les plus spécifiques, et les plus neufs, de la poétique balzacienne que de désigner, dans les conflits *a priori* vulgaires qui dressent les uns contre les autres des personnages empruntés au commun des mortels, les mêmes enjeux au fond que les luttes fabuleuses où s'affrontent les héros ou les demi-dieux qui peuplent notre mémoire culturelle et sont nimbés d'un prestigieux halo de mythe. Les Grecs sont parmi nous. Entendons : à Saumur comme en Grèce, chez les tonneliers comme chez les rois, le destin mène toujours les êtres à leur perte et les condamne à s'entre-déchirer.

Si le sang n'éclabousse pas les dalles du palais, il y a tout de même, chez Grandet, au moins un meurtre et une tentative de meurtre, l'un et l'autre fatalement perpétrés par Eugénie. À première vue, on pourrait croire que c'est Grandet l'uxoricide : sa colère « tue » sa femme. Mais, à bien y regarder, c'est Eugénie la matricide (chacun de nous tue ce qu'il aime), et c'est bien ainsi qu'elle le vit, se reprochant d'être la cause indirecte de cet épouvantable traumatisme, dans une atmosphère d'exécution capitale (p. 165), que causera à sa mère la scène avec son mari (p. 175) — et aussi du froid mortel qu'elle contractera, en l'empêchant, dans son angoisse, de tricoter le lainage qui l'aurait préservée. Mais elle essaie aussi d'« égorger » son père, en lui tenant tête comme elle le fait, avec une opiniâtreté irrédentiste, une absence d'hésitation très remarquable chez cette jeune fille qu'on aurait pu croire si fragile, et qui manifeste une résolution en acier : « ... j'ai pris mon parti. J'ai bien fait, je ne me repens de rien » (p. 161). En lui répliquant simplement, avec appui sur le possessif : « Je n'ai plus *mon* or » (p. 166), elle consomme l'assassinat, et c'est bien ainsi que le ressent Grandet dans ses entrailles de père humilié. On touche là à l'essentiel : la négation de l'idée qu'il se fait de la paternité. « Vous méprisez donc votre père, vous n'avez donc pas confiance en lui, vous ne savez donc pas ce que c'est qu'un père. S'il n'est pas tout pour vous, il n'est rien » (p. 167). D'où l'on arrive en toute logique passionnelle à la question : « Est-ce moi qui suis votre père ? » (p. 168). On nage en pleine horreur du roman familial. Il va de soi qu'en affirmant sa majorité avec une détermination inébranlable, Eugénie déboulonne de son socle la statue géante qui jusqu'alors la surplombait, l'asphyxiant de son ombre. Quoiqu'elle prenne évidemment le plus grand soin de conserver les formes et de se proclamer soumise, sauf en ce qui concerne l'or, il est clair que cette restriction suffit à ruiner toutes ses protestations filiales : elle a commis l'irrémissible, porté sur le père une main sacrilège. Aucun replâtrage ultérieur ne pourra le faire oublier. La rupture violente du lien ne peut mieux se sceller

AMYOT, éditeur, rue de la Paix, 6 ; LEDOYEN, libr., galerie d'Orléans, 31 ; DENTU, libr., galerie d'Orléans, 13 ; MOREAU, libr., péristyle Valois, 182.

UN VOLUME IN-8° PRIX : 6 FR.

DE LA FAILLITE

UN VOLUME IN-8°. PRIX : 6 FR.

VER RONGEUR DE LA SOCIÉTÉ, OU DE L'INFAILLIBLE DESTRUCTION DE CE FLÉAU,

Par Madame M.-C. GOLDSMID.

Cet ouvrage, écrit avec un esprit et un talent remarquable, est digne de figurer dans toutes les bibliothèques : il est d'une utilité incontestable à toutes les classes de la société et particu-érement aux personnes qui se livrent aux affaires commerciales ; il est composé d'observations judicieuses sur les causes, les effets et les conséquences de la faillite, et indique la marche à ivre pour se préserver de ce fléau désastreux.

« Ton père voit tout, dit Madame Grandet, en hochant la tête. »
Lithographie de J.J. Grandville. Bibliothèque nationale, Paris. Ph. Edimédia

Publicité pour le livre *De la Faillite*, par Madame M.C. Goldsmid. *Le Charivari*, vers 1850.
Ph. Collection Viollet

que par la malédiction qui consacre l'irréparable, expulse la criminelle, avec son cousin et ses enfants, comme si la monstrueuse famille était déjà fondée (*ibid.*). On songe bien sûr à Harpagon, à Greuze... Car on est sans doute plus près de Diderot que d'Eschyle.

Le pire pour le père est peut-être de s'apercevoir avec une stupeur incrédule que c'est *parce qu'elle lui ressemble* que sa fille lui échappe. Plus Grandet qu'il n'est Grandet, elle ne lui résiste que parce qu'en effet elle a « hérité » de lui un absolutisme de la volonté sur lequel elle s'arc-boute sans qu'il puisse être question de composer. On comprend alors rétrospectivement certaines notations physiques du personnage, comme la fermeté masculine de ses traits (p. 75) : c'est bien la *mulier fortis* de l'Écriture. On est toujours contesté par ce qui nous ressemble, et à sa manière, Eugénie investit autant d'énergie dans ses pulsions que Grandet dans les siennes[1]. Elle invente l'ironie, l'orgueil (p. 169), faisant de minute en minute des progrès accablants dans un répertoire moral qui jusqu'à présent lui était resté complètement étranger. Seul le rappel de sa transgression religieuse (« Les prêtres vous ordonnent de m'obéir ») parvient à lui faire momentanément baisser la tête, sans qu'elle recule en rien sur le fond. Poussé à bout, Grandet ne peut que recourir à l'arme des dictateurs sans ressources, la répression pure et simple,

1. M. Bardèche, *Balzac romancier* (p. 300) ; *Balzac* (p. 257).

aveu de son échec : déjà il avait évoqué une possible déportation à Noyers (p. 103) ; cette fois ce sera une séquestration au pain et à l'eau, comme pour une gamine qui aurait trempé son doigt dans la confiture. Récusé comme père, et la récusant comme fille — « Elle n'a plus de père » —, il l'infantilise comme il a toujours fait, sans souci de la contradiction. C'est justement quand on sait qu'on a perdu le pouvoir qu'on tient par-dessus tout à le réaffirmer.

L'ogresque Grandet (p. 170) s'est donc vu frustré du festin qu'il escomptait ; comme Eugénie, il entre dans une sorte de jeûne, qui le contraint à voler des miettes de celle dont il aurait tant voulu se repaître. La critique a beaucoup glosé l'épisode en effet fort troublant où Balzac nous montre le tortionnaire épris de sa victime, et venant chaque jour au jardin pour l'apercevoir, et s'en faire apercevoir ; enfreignant ainsi son propre interdit : « Quand le bonhomme arrivait au gros noyer, il se cachait derrière le tronc de l'arbre, restait pendant quelques instants à contempler les longs cheveux de sa fille, et flottait sans doute entre les pensées que lui suggérait la ténacité de son caractère et le désir d'embrasser son enfant. Souvent il demeurait assis sur le petit banc de bois pourri où Charles et Eugénie s'étaient juré un éternel amour, pendant qu'elle regardait aussi son père à la dérobée ou dans son miroir. S'il se levait et recommençait sa promenade, elle s'asseyait complaisamment à la fenêtre et se mettait à examiner le pan de mur où pendaient les plus jolies fleurs, d'où sortaient, d'entre les crevasses, des Cheveux de Vénus, des liserons et une plante grasse, jaune ou blanche, un *Sedum* très abondant dans les vignes à Saumur et à Tours » (p. 178).

Tout est signifiant dans cette scène de voyeurisme étrange (et double) : le noyer, le banc sacré renvoient à Charles, dont Grandet usurpe l'espace érotique ; Eugénie voit qu'on la voit et se laisse dévorer des yeux, dans un décor végétal quasi préraphaélite, saturé d'allusions amoureuses (les Cheveux de Vénus redoublant évidemment la toilette de la belle matineuse, les liserons inscrivant la fidélité et le sedum le mariage, selon la tradition de la symbolique florale chère à Balzac[1]). S'agit-il de Mélisande en sa tour, ou de Suzanne convoitée par un vieillard, on ne sait plus trop, sinon qu'on a là, quotidiennement répété pendant six mois, un rite spéculaire de possession à distance dont la connotation incestueuse paraît crever les yeux. Mais qu'est-ce qui est possédé au juste ? Faut-il vraiment, avec Alain, trouver « émouvante » cette « source de tendresse » enfin délivrée dans le « rocheux Grandet[2] » ? Faut-il remarquer qu'aucun homme, jamais, ne sera capable de désirer Eugénie avec l'intensité fétichiste de son père[3] ? Ou faut-il rappeler que ce

1. Cf. *Le Lys dans la vallée.*

2. *Loc. cit.*, p. 991.

3. N. Schor, *op. cit.*, p. 96.

que Grandet désire, ce n'est nullement Eugénie, mais ce dont elle est porteuse, c'est-à-dire le statut, que rien au monde ne saurait lui ôter, d'héritière et de transmettrice du patrimoine amassé ? Pour dégonfler les interprétations idéalistes qui tireraient le père Grandet du côté du père Goriot, qu'il suffise d'observer qu'il ne *souffre* véritablement, pour la première (et unique) fois, que lorsque Cruchot lui explique que, dans son propre intérêt pécuniaire, il lui faut se réconcilier avec Eugénie, qui pourrait réclamer sa part après la mort de sa mère. C'est cet argument, et lui seul, qui l'atteint à ce qui lui sert de cœur. Ainsi se décide-t-il à plier, pour mieux triompher, en obtenant d'Eugénie sa renonciation à ce qui lui revient (*he stoops to conquer*), éviter d'« être dévoré par sa fille » (p. 180), après avoir tout tenté pour la dévorer lui-même. Dans ces conditions, on mesure ce que vaut sa prétendue faiblesse. Certes, il aime Eugénie, ou il croit l'aimer. Chez certains peuples primitifs, le cannibalisme est considéré comme la forme suprême de l'amour.

La scène atroce, quasi bestiale dans sa violence sordide, qui en un clin d'œil porte la tragédie à son acmé (pp. 183-184) — « le bonhomme sauta sur le nécessaire comme un tigre fond sur un enfant endormi », p. 182 —, parachève hystériquement le combat de deux principes inconciliables. On se demande vraiment si la remarque de Gide, selon laquelle, dans *Eugénie Grandet*, les personnages diraient toujours ce qu'on attend d'eux[1], est pertinente ici, où Eugénie, en tout cas, se hausse à un paroxysme de langage et d'action tout de même inouï. Le couteau qu'elle brandit a beau être dirigé vers elle-même, et non contre son père (qui, de son côté, en essayant de faire sauter l'or du nécessaire, vient d'attenter symboliquement à la vie de Charles, non moins qu'à celle de sa fille, tandis que sa femme reçoit le coup de grâce : trois victimes d'un coup), suicide et homicide se confondent obscurément dans la férocité, le désir éperdu de rendre blessure pour blessure. Il est bien vrai, comme le dit Taine, que par moments, dans *Eugénie Grandet*, on a peur de la nature humaine[2]. Ce qu'il y a de plus authentiquement humain n'étant d'ailleurs pas tellement dans ces débordements délirants, ces excès fous, mais dans leur brusque déflation en comédie où s'étale à plein le grotesque triste : aussitôt après avoir failli exterminer les siens, Grandet, qui a besoin de ne pas créer l'irréparable avec Eugénie, se met sans transition à jouer les papas gâteaux, ou plutôt gâteux, à bêtiser pitoyablement de la manière la plus puérile (p. 184). Eugénie, qui souhaite d'autant plus restaurer l'image paternelle qu'elle vient de la dynamiter, voudrait d'abord de toutes ses forces pouvoir croire que l'amour recouvré de son géniteur n'est pas intéressé, et qu'elle l'a

1. *Cahiers André Gide 7*, « *Les Cahiers de la Petite Dame* », III, Gallimard, 1975 (p. 19).

2. *Op. cit.*, p. 72.

méjugé (p. 186). Elle déchante : il ne lui faut que sa signature. L'émotion, rarissime chez lui — cette sueur inhabituelle de Jardin des Oliviers —, dit assez ce qui se joue à ses yeux : il y va de sa plénitude ontologique, menacée un moment de s'appauvrir par le partage des biens. En s'autospoliant, Eugénie rend la vie à son père : ils ne se doivent plus rien, on est quitte. « Je te bénis ! » (p. 188) rature l'ancien « je te maudis ». On repart de zéro, comme devant.

Le plus tragique dans cette tragédie, c'est évidemment la farce...

V LE NAUFRAGE

Le bouleversement de Charles à la mort inopinée de son père a été sévèrement jugé par son oncle : quelqu'un qui sanglote pour la perte d'un être cher au lieu de déplorer celle de sa fortune ne saurait évidemment faire figure que de bon à rien (p. 96). Symétriquement et inversement, il n'en faut bien entendu pas davantage pour s'attacher l'intérêt passionné d'Eugénie, aussitôt persuadée que le beau cousin partage ses valeurs et place les investissements du cœur là où ils doivent être, c'est-à-dire à une hauteur transcendante à toute considération matérielle. Mais Eugénie ignore tout de son passé ; même lorsque son indiscré-

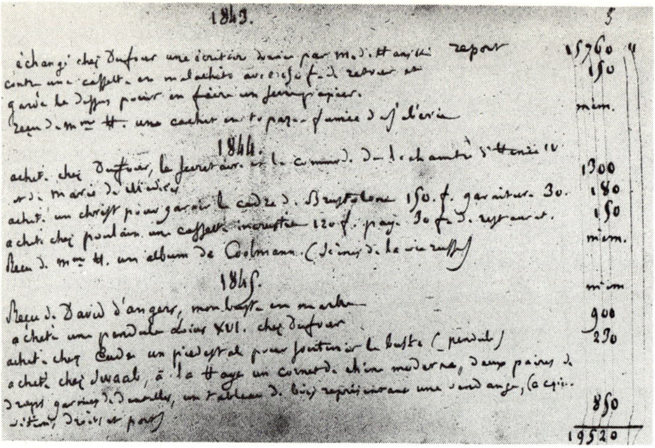

1843. 5

échangé chez Dufour une écritoire [illegible] par M. [illegible] report 15760

contre une cassette en malachite avec [illegible] f. de retour et 150

gardé le dessus pour en faire un serre-papiers. mém.

Reçu de Mme H. une [illegible] mém.

1844.

acheté chez Dufour, la [illegible] 1300

[illegible] 180

acheté un christ pour garnir le cadre de Brustolone 150 f. garniture 30. 150

acheté chez [illegible] une cassette [illegible] 120 f. payé 30 f. de restaurat. mém.

Reçu de Mme H. un album de [illegible] ([illegible])

1845. mém

Reçu de David d'Angers, mon buste en marbre 900

acheté une pendule Louis XVI. chez Dufour 270

acheté chez [illegible] un piédestal pour soutenir le buste (pendule)

acheté chez [illegible], à La Haye un cornet de chine moderne, deux paires de

[illegible] un tableau de [illegible] représentant une [illegible] ange, [illegible]

[illegible] 850

19520

(Par J.-J. Grandville.)

« Dans la position où j'étais, je n'ai pas voulu survivre à la honte d'une faillite. »
Carnet de dépenses de Balzac, années 1843, 1844, 1845. Ph. Collection Viollet.

« Si la lumière est le premier amour de la vie, l'amour n'est-il pas la lumière du cœur? »
Jeune Fille, par J.J. Grandville. Lithographie. Collection particulière. Ph. © Edimédia.

tion lui aura révélé l'existence d'Annette, la présence de cette *terza incommoda* à l'horizon ne lui semblera pas susceptible d'ébranler la confiance spontanément accordée, ni de menacer leur amour. Divine candeur, mais catastrophique ignorance de Paris et du monde. Eugénie n'a pas les moyens intellectuels (parce qu'on l'a délibérément maintenue sous le boisseau) d'analyser la psychologie de son cousin, de comprendre les implications de la vie qui a été la sienne. Balzac le peut à sa place et ne s'en prive pas, prenant soin d'introduire, dès les premiers frémissements du printemps invisible, les effluves délétères qui l'anéantiront dans sa fleur.

Si Charles manifeste son chagrin avec tant d'intéressante sincérité, c'est aussi, c'est peut-être aussi surtout, sans qu'il le sache bien sûr, parce qu'il regrette en son père, égoïstement, la bonté inépuisable qu'il avait pour lui, sa facile générosité, son laxisme, qui lui a permis de mener à grandes guides la vie inimitable (p. 132). L'envers de cette sainte douleur est moins exemplaire qu'on ne pourrait croire. Si ce fils, contrairement à tant d'autres, n'a jamais souhaité la mort de son père, c'est que, par sa coupable indulgence, ce père lui a permis de jouir de la vie comme s'il était mort. Charles, en fait, a eu tout loisir de se laisser profondément infecter par Paris, ses crimes inconnus, jamais punis par la Justice (thème cher à Balzac), « l'épouvantable éducation de ce monde » (p. 133) où on ne croit à rien qu'à ses intérêts, critère absolu. On n'attache généralement pas assez d'importance au personnage d'Annette, qui reste en coulisse, mais, dans l'économie du roman, s'avère indirectement un « actant » capital. C'est cette anti-Eugénie qui a façonné la vision du monde de Charles, l'a formé (comprenons : déformé). C'est à elle qu'après la brève parenthèse eugénienne, la greffe ratée, il reviendra, pour lui donner raison plus que jamais, montrer avec éclat qu'il a parfaitement assimilé ses leçons, son credo, dont l'article principal professe : « La vie est une suite de combinaisons, et il faut les étudier, les suivre, pour arriver à se maintenir toujours en bonne position » (p. 134). La clairvoyante Annette a en somme déjà compris ce que Vautrin expliquera longuement à Rastignac et Lucien de Rubempré : « en lui passant dans les cheveux une main parfumée », elle a enseigné à son amant à assassiner les grandes idées et les grands sentiments pour se mettre au service exclusif de l'ambition et du pouvoir. Elle l'a ainsi adorablement gangrené. Pipée par l'apparence fraîche de ses traits, la naïveté de ses larmes, Eugénie, qui a le tort d'arriver trop tard (tout est déjà joué pour Charles), va complètement ignorer ces mauvaises semences qui ne demandent qu'à éclore. À la faveur du choc causé par le deuil, le primesaut de son cœur submergera Charles avec tant d'évidence qu'il engourdira provisoirement ces germes ; mais, loin de son bénéfique rayonnement, ils ne tarderont pas à s'enraciner, à proliférer, à épanouir leurs floraisons carnivores (*ibid.*). Dans la vie de Charles, Eugénie n'aura été qu'une faiblesse vite corrigée, imputable à un désarroi passager. Dans la vie d'Eugénie, Charles aura été un éblouissement dont elle ne se remettra pas. En annonçant, dès le moment où se noue l'idylle, qu'« un hasard, fatal pour elle, lui fit essuyer les dernières effusions de sensibilité vraie qui fût en ce jeune cœur, et entendre, pour ainsi dire, les derniers soupirs de la conscience » (*ibid.*), Balzac coupe tout suspense. Avant même que les choses ne soient consommées, elles sont condamnées. L'âpre volupté de la tragédie, c'est d'apprendre ce qu'on savait de toute éternité.

ARIANE À SAUMUR

La structure temporelle d'*Eugénie Grandet* est d'une simplicité, d'une linéarité totales. Exposition des antécédents à partir de 1789 (du début à la page 39). Scène inaugurale : la soirée de novembre 1819 où arrive Charles, et ses suites jusqu'à son départ (de la page 39 à la page 153). L'attente de son retour jusqu'à la réception de sa lettre en août 1827 (de la page 153 à la page 207). Les conséquences, qui perdurent puisque le temps de la narration rejoint celui de l'écriture (jusqu'à la fin). C'est donc sur plus de quarante ans que se déploient les événements si on les prend de loin, sur quatorze si on envisage *stricto sensu* l'action proprement dite. Or une chose saute aux yeux : au cours de cette durée considérable, Eugénie n'aura été heureuse, c'est-à-dire n'aura vécu avec Charles et par lui, que très exactement une soirée et neuf jours. Balzac a donc ménagé un contraste spectaculaire entre l'étirement de la chronologie et la concentration, la densité désespérée des moments de bonheur.

La venue de Charles n'a pas seulement marqué l'éveil du cœur, mais aussi — c'est la même chose — celui des horloges. Jusqu'alors, le temps immobile, sénile, radotait. Il n'y a que pour Grandet que le temps dynamique, cumulatif — « un bon diable », p. 155 — avançait au rythme de ses bonnes affaires, fécond, toujours gros d'avenir. Pour le trio féminin qui l'entoure, toute perspective semblait bouchée, hors d'une quotidienneté intemporelle et stérile (de mariage, on parle bien pour Eugénie, mais il est clair que son père repousse sans cesse l'échéance, terrorisé par ce qu'elle implique de perte de contrôle sur une partie de ses biens). Or, en un éclair, ce temps dormant se ranime et s'affole. Après la pénéplaine de tant d'années semblables, chaque instant surgit neuf et imprévisible, dans une sorte de piquant relief, de surprise savoureuse. Au lieu de s'ensevelir dans la routine, le présent, affranchi de ses bandelettes, se met à marcher, à courir avec un enthousiasme de ressuscité. Mais telle est la terrible loi du temps qu'à peine l'a-t-on sorti de sa torpeur qui donnait l'illusion de la pérennité, on en sent de façon poignante l'inéluctable hémorragie : « depuis le baiser pris dans le couloir, les heures s'enfuyaient pour Eugénie avec une effrayante rapidité » (p. 151). Du même mouvement que la durée s'accélère et se multiplie, l'espace devient oppressant et réclame lui aussi son élargissement (comme on le dit d'un prisonnier) : brûlant de s'élancer sur les « gouffres amers » avec son cousin, Eugénie, qui apparemment n'avait jamais nourri la moindre envie de quitter son petit univers, pour la première fois étouffe dans la cour, la maison, la ville, qui ne lui suffisent plus. Une dilatation irrépressible la soulève vers un ailleurs dont aucune idée ne l'avait encore effleurée. *Anywhere out of Saumur*, pourvu que ce soit avec lui, pour vivre ensemble un temps sorti de l'ornière, et comme toujours à l'état naissant. « Arrête-toi, instant, tu es si beau ! » : le vœu faustien essaie de conjurer l'écoulement du sablier, les serments — « À toi, pour jamais ! » (p. 151) — veulent figer le flux exaltant, terrifiant des minutes avec des mots définitifs. « J'attendrai, Charles » (p. 150) : sans pathos aucun, le temps est vaincu une fois pour toutes par la certitude simple du futur de l'indicatif. L'évasif par excellence est pris, « arrêté » — menottes aux mains.

Commence alors pour Eugénie un grand *largo*, ce calme, cette panne, comme on dit en navigation, que Balzac, généralisant, présente comme inhérente à la féminité, à la fois dans sa condition et dans sa nature. Il faut en prendre son parti : l'ami de G. Sand ne croit pas en l'émancipation du sexe, sinon peut-être pour quelques individualités d'exception. Il fait sienne la conception traditionnelle, sinon traditionaliste, de la répartition des charismes : à l'homme le champ ouvert de la pensée et de l'action dans le monde, à la femme les trésors de l'affectivité, l'approfondissement du cœur. Une jeune femme vivant dans un milieu moralement aussi archaïque qu'Eugénie ne saurait en aucun cas, faut-il le dire, protester contre son lot. Là où l'homme se dépense et se construit, tout tendu vers la réalisation de projets qui le réalisent lui-même, la femme attend qu'il lui revienne, non du tout passive (car elle galvanise intensément toutes les forces de son être pour l'accompagner à travers les espaces, et le protéger), mais immobile, parce que sans moyens de le rejoindre, vouée à la contemplation inquiète (p. 157). Tel est le sort immémorial : rester là, seule, à espérer. Il y a chez Eugénie à la fois de la Paimpolaise

« Eugénie qui regardait le sublime paysage de la Loire sans écouter les calculs de son père [...]. »
La Loire, gravure par E. André. Bibliothèque nationale, Paris. Ph. © Bibl. nat.

sur la grève, guettant le débarquement de son terre-neuvas, d'une Pénélope tenant bon en pensant à Ulysse parmi sa cour de prétendants, d'une Iseut qui, inversant le mythe, ne vivrait plus que pour apercevoir la voile blanche de Tristan, de la châtelaine à sa fenêtre rêvant la réapparition du croisé[1], de Cio-Cio-San s'approvisionnant en raisons d'y croire encore : « Un beau jour, nous verrons monter une légère fumée à l'extrémité de la mer. Puis apparaît le navire. Et puis le blanc navire entre dans le port, fait retentir son salut. Tu vois ? Il est revenu ! Moi, je ne descends pas à sa rencontre. Non. Je me poste là, au bord de la colline, et j'attends, j'attends, longtemps, et la longue attente ne me pèse pas. Et... Sorti de la foule, un homme, un point minuscule s'en vient à travers la colline. Qui ? Qui[2] ? » Et toujours l'obsédante pensée de l'eau immense à traverser, du miracle et de la mort qu'elle peut également apporter. Balzac dissémine dans son texte tout un réseau de métaphores et d'allusions marines, de l'« océan d'affection » où Eugénie a jeté son or (pp. 136, 170) jusqu'à ce *noyer* de mauvais augure (on sait que rien ne pousse à son ombre, et son nom, qu'on retrouve d'ailleurs dans celui de la propriété de Noyers, évoque fâcheusement la noyade) où Eugénie aime à s'abriter, parce que c'est sous ses branches que le banc sacré a recueilli les plus tendres aveux.

Pour survivre, il faut organiser le culte. Dans la chambre-musée-mauso-

1. N. Schor (*op. cit.*, p. 105) a justement attiré l'attention sur le curieux « cénotaphe » de « chevalier enterré par sa veuve au temps des croisades » dans le jardin Grandet (p. 74).

2. Puccini, *Madame Butterfly*, acte II (notre traduction).

lée, où tout est soigneusement laissé en l'état, pour qu'au jour du retour le fil du temps se renoue comme si rien ne l'avait distendu, une petite veilleuse invisible témoigne de la Présence réelle : il est là (p. 158)... Jamais depuis qu'il a disparu, Charles n'a été installé dans la maison de manière plus lancinante, plus tyrannique. Tout y parle de l'Absent, dont on ravive chaque jour secrètement le visage (« Pensons-y toujours, n'en parlons jamais »), ou comme ranime la flamme une Vestale qui sent sa vie attachée à celle de ce feu que sa mission sacrée est de ne jamais laisser mourir. Des rites s'instaurent : deux fois par jour, on s'abîme dans la vénération des reliques ; à travers un objet symbolique — le nécessaire de cette mère morte à laquelle Charles ressemble tant —, il obsède des croyantes exaltées, acharnées à retremper leur foi en lui, dans la parousie qu'il a promise (pp. 159, 182). On l'a fait à juste titre remarquer : la maison Grandet est un lieu de haut mysticisme, avec deux chapelles consacrées à des dévotions clandestines qui s'excluent ; au cabinet où l'avare se retire pour célébrer les mystères de l'Or, répond pour le nier l'oratoire catacombal où les prêtresses entretiennent quotidiennement la ferveur pour un dieu qui peut surgir à tout instant, car nul ne sait le jour ni l'heure, et l'époux doit les trouver avec la flamme allumée[1]. Ainsi communic-t-on profondément à une substance spirituelle qui

1. Cf. Princeton University, *art. cit.* (p. 226).

devient l'« étoffe de la vie » (p. 159). Instillé en permanence dans le corps du temps, le désir l'a imprégné dans ses moelles essentielles avec tellement d'intimité qu'il ne s'en distingue plus, qu'il est devenu sa chair. Lorsqu'il disait : « Je ne suis plus que le temps[1] », Chateaubriand signifiait : « Je ne suis plus que la mort. » Eugénie aussi pourrait le dire, mais pour signifier : je ne suis plus que l'amour.

1. Dans *La Vie de Rancé*.

COSÌ FAN TUTTI

Il faudrait pouvoir restituer ces presque huit années (novembre 1819-août 1827) qui s'écoulent sans s'écouler, dans la solitude toujours aggravée — mort de la mère, mort du père —, à la fois terriblement pesantes et irréelles, somnambuliques. Dans une paralysie du corps qui emprisonne et masque d'inapaisables inquiétudes de l'âme, des sargasses trompeuses, lourdes de tempêtes rentrées. Eugénie a vieilli, a mûri. Pas son cœur.

Et pendant ce temps-là, *quid* de Charles ? C'est l'un des apanages souverains du genre romanesque, ubiquitaire et simultanéiste, que de nous transporter à travers la durée et l'espace, à sa discrétion, avec une toute-puissante liberté. Tandis qu'Eugénie, victime de ses limites, s'épuise sur place à scruter l'horizon, d'un coup d'ailes Balzac nous transporte à l'autre bout du monde, pour nous faire voir, comme dans un miroir magique, ce qui s'y passe et nous inviter à jouir d'un cruel contrepoint. Dans tous les sens du mot, Charles a *passé la ligne* : pas seulement celle qui sépare deux hémisphères, mais beaucoup plus gravement la frontière où l'on bascule sans retour du côté de l'« envers » des choses. Autrement dit, il a perdu « beaucoup de préjugés » (p. 198) : c'est le nom que l'on donne aux valeurs lorsqu'on a aperçu leur relativisme, et par conséquent décidé de les ignorer pour parvenir à des fins avec lesquelles elles sont incompatibles. Bref, il se confirme que Charles est devenu ce que la société appelle « un homme », c'est-à-dire quelqu'un qui a renoncé aux fantasmagories idéalistes d'une jeunesse généreuse, mais déconnectée du réel, pour embrasser, comme un adulte, le fonctionnement objectif du monde et en tirer logiquement, sans états d'âme, les conséquences. La voix d'Annette n'a donc pas tardé à recouvrir celle d'Eugénie : c'est dans l'ordre — celui du système. Foin des scrupules : le seul devoir est d'affronter virilement les défis d'une machine qui ne révèle toutes ses ressources qu'à ceux qui ont étudié ses lois et se sont montrés capables de les exploiter à leur profit. Il faut savoir ce qu'on veut, accepter les règles du jeu. Dans ce contexte, les débats de conscience ne sont qu'obstacles frivoles, et il n'y a rien d'autre à faire qu'à se lancer carrément dans la mêlée, au nom du « Chacun pour soi ! » qui est le « Montjoie-Saint Denis ! » de la modernité.

Cette « conversion » de Charles semble s'être opérée très vite, comme s'il suffisait du dépaysement pour qu'après un intermède touchant mais superficiel, le naturel reprît sans difficulté le dessus. Le terrain a été bien préparé. Charles a rapidement compris que la situation coloniale était on ne peut plus propice à des trafics d'hommes très juteux, et se mue donc en marchand de bois d'ébène. Par un trait sanglant, qui porte d'autant plus qu'il est décoché sans insister, et comme au passage (*ibid.*), Balzac prend soin de rappeler que nous aurions tort d'exorciser ces horreurs en les cantonnant dans l'improbable lointain des régions intertropicales : sous d'autres formes, l'Europe aussi vend et achète des hommes. Nous sommes tous des négriers. La traite exotique ne fait qu'avouer sans détour ce qui, dans des zones plus tempérées, plus proches et toutes pétries de civilisation chrétienne, se pratique tous les jours sans que nul trouve à s'en scandaliser. On a parfois évoqué le Rimbaud d'Arabie à propos de Charles Grandet (p. 14). Outre que Rimbaud n'a jamais trafiqué d'esclaves (même s'il a paru un moment en avoir l'intention, ce qui n'est pas avéré), mais d'armes, de café et d'ivoire, c'est faire à Charles beaucoup d'honneur que de le comparer au poète « suicidé » de Harrar — quoique incontestablement son voyage, en le brunissant, en l'aiguisant, lui donne une aura de carnassier avide et implacable, d'homme de proie (n'a-t-il pas tué quatre hommes en duel ? Cf. p. 201), où l'on pourrait reconnaître par anticipation certains traits « féroces » d'*Une saison en enfer*.

Toujours est-il qu'on ne sera jamais tenté de projeter sur son départ à lui — contrairement à ce à quoi on n'a que trop succombé pour Rimbaud ! — le mythe romantique d'on ne sait quelle quête d'absolu dans le Soleil. La quête est tout à fait terre à terre : de l'or à tout prix, pour être en mesure de reparaître brillamment à Paris et d'y contracter un mariage avantageux. Il ne s'agit donc que d'un dur purgatoire qu'on s'inflige chez les sauvages afin de jouir plus et mieux dans les salons. « Âpre à la curée », Charles taille sa part sans faire le détail, vend « des Chinois, des Nègres, des nids d'hirondelles, des enfants, des artistes », tandis que là-bas, chaque jour, à l'église, on priait pour lui. Tout lui est bon, parce que tout lui est chose. Dans une formule ravageuse, Balzac met en parallèle, mais non en équilibre, les droits de douane et les droits de l'homme : la verve au vitriol qui sabre cette page trahit l'âcre jouissance du romancier à donner du nerf à sa fiction en en consacrant la méchanceté irrémédiable, en scellant le couple du bourreau et de la victime. D'abord identifiée à la *Stella maris* (on se croirait dans *Le Génie*

— l'Eugénie? — *du christianisme*), l'image de la fiancée saumuroise ne tarde pas à se brouiller dans la violence inhumaine du contexte, avant de s'exténuer en un filigrane de plus en plus évanescent, bientôt illisible sous l'accumulation des expériences érotiques : car l'Orient, ce n'est pas seulement l'or, mais aussi le sexe (même chose) et les « orgies de toutes les couleurs » (p. 199); la luxure facile et épicée a bientôt fait de renvoyer à l'état d'image *passée*, de décalcomanie vaguement niaise, le souvenir des chastes émois de jadis. Dans la prolifération des aventures, un seul principe le guide et se dresse sur la ruine de tous les principes : arriver *quibuscumque viis*. « Par toutes voies » : l'éloquente devise de la nouvelle noblesse ne sera pas perdue pour Flaubert, qui en blasonnera Dambreuse dans *L'Éducation sentimentale*.

Le succès crée sa propre justification, on se débarbouille de l'infamie par la réussite. Armé de cette maxime qui a le mérite de la simplicité, Charles s'embarque, avec ses deux millions en tonneaux soigneusement cerclés (il est bien décidément le neveu de son oncle), sur le *Marie-Caroline* dont le nom — celui de la duchesse de Berry — affiche tout un programme d'ambition royaliste. Comme Grandet a su se placer dans le sillage de la Révolution, Charles va entrer sans complexe dans celui de la Restauration. Par une rencontre providentielle, sur le bateau il fait connaissance d'une jeune haridelle aristocratique, au nez malheureusement aussi bleu que le sang, et que son physique et sa pauvreté rendent très difficilement épousable, sauf par un homme riche et désireux d'unir sa fortune à un grand nom, fût-il désargenté, pour se mettre en orbite dans le monde. Marché conclu par le truchement de la mère, qui pousse le dévouement jusqu'à coucher avec Charles pour assurer sa prise sur le gendre futur (p. 200), lequel, corsaire lui-même (devenu bien peu byronien, malgré les airs qu'il se donnait à Saumur !), ne s'était pas assez méfié de cette consœur, mais au fond ne demande pas mieux que de se laisser capturer. On se croirait déjà du côté de *Bel-Ami*, et en un sens on y est... Charles sera comte d'Aubrion, il pourra aller à tout, porté par la faveur monarchique. C'est ainsi que, par une transaction strictement commerciale, s'achète ce qui ne devrait pas s'acheter : le supplément d'être que seule peut conférer l'appartenance à une famille de vieille roche. Annette, qui sait vivre, n'hésite pas un instant et conseille à son amant de saisir l'occasion aux cheveux. Quant aux créanciers de Guillaume Grandet, Charles ne songe même pas qu'il puisse les désintéresser, en vertu (si l'on peut dire) de l'axiome sans réplique : « Quand un homme a cent mille livres de rente, son père n'a jamais fait faillite » (précepte à peu près de la

« Il partira, dare dare, pour les grandes Indes. Tu ne le verras plus... »
Paysage de la côte de l'île de Sumatra. Gravure, vers 1840. Ph. © Collection Viollet.

même eau que celui qu'aime à citer Stendhal : pour un bourgeois, une duchesse a toujours vingt ans).

Tel est le paysage en ce radieux matin d'été (Balzac joue sur l'ironique et déchirant contraste entre l'opulence de la lumière et les cendres d'un seul coup tombées sur Eugénie) où Nanon, fumant de joie par les crevasses de son vieux visage (une image qu'aurait pu signer Giono), apporte à sa maîtresse *la* lettre si longtemps attendue, dont il n'est même pas besoin de nommer l'expéditeur. Trois indices immédiatement perçus par la destinataire pourraient la dispenser d'en prendre connaissance : elle vient de Paris (alors que Charles, le pied à peine posé sur le sol de France, aurait dû voler à Saumur : en fait, rentré en juin, il a attendu août pour se rappeler sa cousine) ; elle contient un mandat par lequel il s'acquitte de sa dette envers elle, coupant ainsi de la manière la plus humiliante le lien spirituel qui les unissait ; il s'adresse à elle sur un mode cérémonieux et distant qui nie l'ancienne intimité. Sans aller plus loin, Eugénie a tout compris. Au lieu d'un cri d'amour, une lettre d'affaires, très *matter of fact*. La question apparemment absurde de Nanon (« Est-il mort ? ») est très pertinente : oui, il y a des morts qui écrivent. Un certain Charles est mort. Une certaine Eugénie, du même coup, aussi.

Mais il lui faut boire le calice jusqu'à la lie. Après de sèches condoléances sur la perte de ses parents, cousues de lieux communs destinés à se disculper lui-même en s'abritant derrière une loi de nature (tout passe, etc.), s'autorisant désormais d'une expérience qui lui permet de ranger son idylle avec Eugénie à son rang véritable, c'est-à-dire celui d'une bluette inoffensive, un enfantillage aussi sympathique qu'anodin, une attendrissante bagatelle née en un vert paradis que l'homme fait n'habite plus (comme, chez Musset, Perdican congédie Rosette), il entreprend de se donner le beau rôle, proteste abondamment de sa loyauté au moment même où il se parjure, et réussit avec virtuosité, comme en se jouant, le tour de force de prouver à Eugénie que c'est justement parce qu'il est engagé envers elle qu'il se désengage, parce qu'il l'« aime » qu'il lui dit franchement qu'il ne l'aime plus. Prouesse rhétorique confondante, chef-d'œuvre du spécieux. Partant d'un postulat indiscutable, communément partagé dans la haute société depuis des siècles (« l'amour, dans le mariage, est une chimère », p. 205), et sans vouloir s'aviser qu'Eugénie serait la preuve vivante du contraire, il se place respectueusement sous l'invocation des « lois sociales » et des « convenances du monde », abdiquant l'ordre du cœur, infidèle aux vœux du sentiment par fidélité à ceux de la fortune. Mufle — il fait allusion à leur différence d'âge, qui pourrait s'avérer fâcheuse : elle a deux ans de plus que lui —, hypocrite (il feint de se soumettre à son arbitrage, alors que son siège est déjà fait, son plan de carrière tracé, et qu'il n'envisage pas un seul instant d'y renoncer) —, s'appuyant sur de pseudo-arguments hautement estimables : « nous nous devons à nos enfants » (pas encore conçus !), qui montrent surtout qu'il a déjà parfaitement intégré le code de la sphère où il brûle d'entrer, il déploie tout le nuancier de ce que Sartre appellera la « mauvaise foi », ce qui n'est pas pour étonner, puisqu'il a décidé lui aussi d'être un « chef ». La fin de la lettre effare : plus il « largue » Eugénie, plus il proclame qu'il n'a rien oublié, qu'il n'oubliera rien, et s'offre même le luxe de paraître trop scrupuleux, presque excessif de délicatesse, comme s'il se créait une responsabilité imaginaire qu'on ne devrait pas, honnêtement, exiger d'une conscience moins exquise que la sienne (mais on ne se refait pas). Les points de suspension montrent assez que le discours se perd à un tel degré dans l'inauthentique qu'il ne vaut même plus la peine de le rapporter. Il est d'ailleurs écrit sur l'air guilleret que, dans *Les Noces de Figaro*, ce dernier[1] chante à Chérubin pour lui dire, en le narguant, qu'à l'armée il ne pourra plus aller butiner les belles comme un papillon amoureux (p. 206)... On souffre de voir Mozart mêlé malgré lui à cette mise à mort. L'incroyable missive est bien sûr à écouter en stéréophonie avec celle, de

1. Et non Almaviva, comme indiqué par erreur (p. 250, note 84).

même encre, dont Rodolphe Boulanger gratifiera Emma Bovary[1], et sur laquelle, pour rendre la rupture plus pathétique, il jettera avec le doigt quelques larmes empruntées à un verre d'eau, avant de fumer ensuite trois bonnes pipes, et d'aller se coucher, rasséréné.

1. Bibl. de la Pléiade, pp. 476-477.

Les phrases du post-scriptum sont autant de coups de poignard pour Eugénie. Il liquide et « se libère » (ce qui confirme que pas un instant il n'a imaginé qu'elle puisse prendre au sérieux son offre de « se contenter » — *sic* — du petit bonheur saumurois si elle le lui demandait, ce en quoi il ne se trompe pas : car elle n'est pas d'une trempe à se contenter, elle, des miettes de l'absolu dont elle a rêvé). Les cadeaux la transforment en étrangère à qui on remet un pourboire pour service rendu : quelle chute ! Quant au renvoi du nécessaire par la voie ordinaire et publique, il prostitue le secret d'Eugénie et le profane définitivement. L'adresse qu'il lui indique, l'hôtel d'Aubrion, signifie qu'il y a déjà installé ses pénates. On apprendra plus tard qu'au moment où il écrivait cette lettre, les bans se publiaient déjà (p. 210).

Eugénie coule à pic, sans bouger. Si, elle a bougé : à l'évocation de « notre petit banc » (d'autres évoqueront « notre petite table »), elle s'est levée « comme si elle eût été sur des charbons ardents » (p. 204). LHOOQ, a commenté, d'après

Marcel Duchamp, un critique impertinent et pertinent[1]... Dernière bouffée de chaleur, avant le grand hiver des sens et du cœur.

1. J. Gale, *art. cit.*, p. 31.

Quant à Charles, par *La Maison Nucingen* nous saurons qu'il a perdu ultérieurement une bonne partie de sa fortune dans un krach. De même, le président de Bonfons, qui ne semblait pas malade, mourra brusquement huit jours après avoir été nommé député. Dans *La Comédie humaine* comme dans la vie (laquelle ressemble à l'autre ?), la justice passe quand même, quelquefois.

VI LA SURVIE

Le deuil sied-il à Eugénie ? Femme de trente ans, femme abandonnée... Toutes les disgrâces à la fois. Nue et seule, encombrée de son amour inutile, pour toujours — avec quelques épaves dérisoires rejetées par le flot : une soucoupe, un sucrier... Il lui restait un sentiment à découvrir : le mépris. Il tombe sur elle comme une chape de neige, définitif et complet (p. 210). Eugénie, tout nous en a convaincu, est le contraire même d'un être falot : une intense, une entière. Elle a mesuré Charles, à fond. Et elle ne peut se refuser un geste de vengeance : en payant les dettes de son père, afin de rendre son mariage possible, elle obéit moins à la solidarité familiale qu'elle n'écrase le parjure de sa générosité. La lettre dont elle accompagne la quittance, loin d'enrober le coup, répond sans fard au message assassin, de « cousine » à « cousin » — puisqu'il ne peut plus être question d'autre chose : « Soyez heureux, selon les conventions sociales auxquelles vous sacrifiez nos premières amours » (p. 214). On ne saurait être plus net, plus mordant dans l'effacement. Gageons que Charles ne l'a même pas senti. Et remarquons qu'en secourant Charles, en contribuant activement à sa propre élimination, Eugénie non seulement lui inflige une leçon (car elle ne lui « doit » rien), mais aussi, de manière posthume, en remontre à son père qui s'était empressé de ne rien faire alors que cela lui eût été facile (et qu'il porte une part de responsabilité dans la faillite de son frère : c'est l'abondance et la qualité de ses récoltes qui avaient handicapé Guillaume à Paris, p. 62). Ainsi Eugénie s'adjuge-t-elle de tous côtés la gratification du beau rôle : injustement victime, elle rend le bien pour le mal et offre au monde un éclatant exemple de charité. La dépossession a ses voluptés.

LES REGRETS DES ANGES

Eugénie Grandet commence par une salutation angélique, un *Ave Maria* : la dédicace de Balzac à sa maîtresse Marie du Fresnay, explicitement donnée comme le modèle d'Eugénie. Cette dédicace renvoie directement au dimanche des Rameaux (avec la métaphore du buis toujours renouvelé par des mains pieuses, sanctifié par la religion et porteur de bénédiction pour la maison) ; mais aussi, occultement, à l'annonce d'une naissance, puisque septembre 1833 marquerait à la fois (du moins est-ce ainsi que Balzac veut présenter les choses) l'achèvement de son roman et la conception de sa fille — une seconde Marie, comme si la Vierge ne pouvait accoucher que d'une autre Vierge, dans une curieuse chaîne parthénogénétique. Un enfant de papier, un enfant de chair, lancés dans le monde du même mouvement généreusement séminal, mais l'un et l'autre sous l'invocation de la Mère de Jésus, comme pour mettre entre parenthèses l'intervention fécondatrice de l'homme, embuer de flou mystique l'acte générateur.

À l'opposé, la Postface supprimée en 1843 en rajoute dans le confusionnisme et parachève le brouillage. Balzac s'y compare à un humble bénédictin qui aurait consacré tout son amour à enluminer sur son vélin le portrait de la *Rosa Mundi*, Marie, « belle image de tout le sexe », « la femme du moine » (?), « la seconde Eva des chrétiens » (p. 239). Impeccablement théologique (la Vierge est constamment définie comme celle qui répare les dégâts de la Faute originelle :

« — Mettez du lait, répondit le maître de maison, votre café s'adoucira. »
Les Amateurs de café, par L. Boilly, 1827. Bibliothèque nationale, Paris. Ph. © Bibl. nat.

une femme a perdu le genre humain, une autre femme le sauve), cette appellation inquiète tout de même dans la mesure où elle a toutes chances de fonctionner aussi comme « paratonnerre » (aurait dit Stendhal) pour désarmer les soupçons de la troisième Ève, Eva Hanska, dont il venait de faire la connaissance et avait déjà eu le temps d'apprécier la flatteuse, mais dangereuse jalousie. De sorte qu'on ne sait plus très bien ce que recouvre ce *Salve Regina* qui semble pour le moins équivoque.

Cette équivoque se retrouve dans l'interprétation qu'ont donnée certains critiques de la dimension religieuse du roman. Pour eux, elle est inauthentique et ne doit être considérée que comme une sorte de camouflage : en ayant l'air d'aiguiller son lecteur vers les régions de la chasteté consacrée, Balzac l'égarerait délibérément sur une fausse piste ; le vrai mode d'emploi du texte, qui donnerait la clef des allusions, serait impubliable, comme la fameuse lettre de Stendhal à Mérimée sur *Armance*, entendons : cette clef ne peut être que le sexe, à la fois source de tout et impossible à dire[1]. Cette opinion entraîne une dévaluation concomitante d'Eugénie comme chrétienne, et logiquement, d'Eugénie tout court : si l'on considère qu'elle vit sa religion « sur le mode purement névrotique », on en vient presque naturellement à voir en elle un personnage peu intéressant[2], ce qui rouvre la vieille que-

1. N. Mozet, *op. cit.*, p. 241.

2. N. Mozet, *La Ville de province dans l'œuvre de Balzac*, p. 151 ; Bibl. de la Pléiade, p. 999.

relle, stérile selon nous, de savoir qui est le véritable héros du roman : le père, ou la fille éponyme. Nous pensons au contraire que, du point de vue critique (qui consiste toujours, comme l'a rappelé Barthes, à densifier le sens au lieu de l'araser), il y a tout intérêt à prendre au sérieux l'aspect catholique d'*Eugénie Grandet*, à répondre aux efforts que Balzac n'a pas ménagés dans cette direction, et à se convaincre qu'il désigne une ligne de force, véritablement structurante, sans laquelle l'œuvre, dans sa complexité, se comprendrait moins bien. Car là est le point important : l'éclairage religieux, loin d'appauvrir la signification d'ensemble, la problématise, c'est-à-dire l'enrichit d'humanité.

La famille Grandet est traversée par un clivage « idéologique » sans appel : tandis que le mâle ne met jamais les pieds à l'église (même pour le requiem de son frère), et s'exaspère de se heurter chez lui à l'influence cléricale, jusqu'au blasphème (« Que le diable emporte ton bon Dieu ! », p. 105 ; voir aussi la méprisante brutalité avec laquelle il parle de la communion, p. 171), les femmes sont des piliers de la paroisse et placent toute leur existence sous le regard du Seigneur. La seule exclamation que se permet Eugénie dans les moments de grand orage est symptomatiquement une « Sainte Vierge ! », où Balzac nous convie à entendre non seulement un recours, mais un programme. *Eugénie*

Grandet est *aussi* un épisode marial. Voire « mariolâtrique[1] ». Il est vrai que Balzac n'y va pas de main morte, et dès la description physique d'Eugénie, souligne le trait comme à plaisir : « Le peintre qui cherche ici-bas un type à la céleste pureté de Marie, qui demande à toute la nature féminine ces yeux modestement fiers devinés par Raphaël, ces lignes vierges souvent dues aux hasards de la conception, mais qu'une vie chrétienne et pudique peut seule conserver ou faire acquérir ; ce peintre, amoureux d'un si rare modèle, eût trouvé tout à coup dans le visage d'Eugénie la noblesse innée qui s'ignore ; il eût vu sous un front calme un monde d'amour ; et, dans la coupe des yeux, dans l'habitude des paupières, le je ne sais quoi divin » (p. 76).

1. N. Schor, *op. cit.*, p. 176.

En citant le nom de Raphaël, Balzac fixe d'emblée à son personnage un registre parfaitement codifié dans les emplois culturels : celui de la spiritualité à toute épreuve, du parangon de la suavité et de la candeur. Il faut avoir mauvais esprit comme Stendhal pour imaginer que, si les Vierges de Raphaël tiennent « chastement » les yeux baissés, c'est en réalité pour cacher le bonheur que leur a donné leur amant la nuit précédente[2]... Non : Raphaël suffit à décerner à Eugénie un brevet d'insoupçonnable et presque surhumaine innocence : « Ses traits, les contours de sa tête que l'expression du plaisir n'avait

2. Stendhal, *Journal littéraire*, Cercle du Bibliophile, t. I, p. 300 (avril 1804).

jamais ni altérés ni fatigués, ressemblaient aux lignes d'horizon si doucement tranchées dans le lointain des lacs tranquilles » (*ibid.*). On se croirait dans un tableau du Pérugin, maître de Raphaël. Il ne manque plus que l'auréole ; aussi arrive-t-elle aussitôt, avec « cette physionomie calme, colorée, bordée de lueur comme une jolie fleur éclose ». Dans sa Postface, Balzac fera mine de se demander (pour aller au-devant de certains griefs ?) s'il n'a pas « trop chargé d'or le contour de la tête de sa Maria » (p. 239), dans le souci de la faire contraster au maximum avec « les teintes déjà noires de son vieillard ». On comprend bien qu'il s'agit pour lui d'obtenir un effet d'opposition, d'autant plus frappant que c'est toujours l'or la couleur dominante, mais un or dont il lui faut faire saisir les valeurs (au sens pictural) antagonistes : à la flamboyance infernale et passagère de l'athanor maudit, répond thématiquement et esthétiquement, pour la nier, la radiance incorruptible du nimbe des Élus.

Or, phénomène apparemment étrange mais plein de signification, à partir du moment où cette virginale créature entre en amour comme on entre en religion, c'est-à-dire en risque spirituel, et risque majeur — Nanon du reste ne s'y trompe pas : « Sainte Vierge, mademoiselle, vous avez les yeux à la perdition de votre âme ! Ne regardez donc pas le monde comme ça », p. 158 —, son être physique

« En lui refaisant une boucle, elle lui faisait calculer la vie : elle le féminisait et le matérialisait. Double corruption, mais corruption élégante et fine, de bon goût. »
Les Contrastes : Corruption, Innocence, lithographie de Traviès. Bibliothèque nationale, Paris.

subit une transformation, qu'il serait plus juste de nommer transfiguration et qui, loin de compromettre sa pureté, la magnifie au contraire et la confirme presque surnaturellement. Exaltée sur un Thabor intérieur, Eugénie, littéralement, rayonne, et cette fois son aura reçoit son véritable nom : « Les graves pensées d'amour par lesquelles son âme était lentement envahie, la dignité de la femme aimée donnèrent à ses traits cette espèce d'éclat que les peintres figurent par l'auréole » (p. 158). Peintres espagnols, précise Balzac, parce que évidemment supposés les plus mystiques. Et, ne craignant pas d'alourdir le trait, pour le cas où le lecteur n'aurait pas encore saisi, il croit devoir ajouter : « Avant la venue de son cousin, Eugénie pouvait être comparée à la Vierge avant la conception ; quand il fut parti elle ressemblait à la Vierge mère : elle avait conçu l'amour » (*ibid.*). Grandet, lui, on s'en souvient, avait conçu la rente : on a les conceptions qu'on peut.

Une fois Charles parti, Eugénie se trouve doublement en position de croyante, sommée chaque jour doublement de confesser sa foi. Le chrétien donne un sens au non-sens des apparences, et dans ses tribulations postule, parce qu'il y a deux mille ans certaine Parole lui a été donnée, que tout s'éclaircira de l'énigme et de la souffrance où il se débat pour l'heure, et qu'à la mort tout commencera enfin. La vie ne lui apparaît plus que comme l'antichambre illusoire, la soif pleine de désir d'une plénitude métaphysique, l'impatience de voir, par le retour du Fils, tenir la Promesse. Ce que la chrétienne vit chaque jour, l'amoureuse le vit aussi sur un autre plan, *qui n'est nullement contradictoire.* Se sentant pleinement justifiée aux yeux de Dieu et à ceux des hommes, l'adhésion passionnée d'Eugénie à Charles tend fatalement à se fondre plus ou moins avec celle qu'elle donne sincèrement et depuis toujours au rendez-vous de Jésus. Balzac l'expose lumineusement : « L'amour lui expliquait l'éternité. Son cœur et l'Évangile lui signalaient deux mondes à attendre. Elle se plongeait nuit et jour au sein de deux pensées infinies, qui pour elle peut-être n'en faisaient qu'une seule » (p. 194). Eugénie n'est nullement en proie à un déchirement schizoïde : c'est parce qu'elle croit en Dieu qu'elle croit en Charles, et sa foi en Charles conforte sa foi en Dieu. Il n'est qu'un seul Amour.

On s'abuse et on refuse l'effort, pourtant nécessaire ici, d'entrer dans la vision catholique, lorsqu'on diagnostique (voire lorsqu'on stigmatise) dans ce double et unique élan on ne sait quelle forme d'hypocrisie ou de mensonge à soi. C'est le génie même de cette religion d'avoir, avec un sens de l'humain et une acceptation de ses besoins, de ses limites, qui révèlent peut-être une habileté stratégique et récupératrice, mais surtout un

« réalisme » inépuisable, ménagé tous les passages possibles et imaginables, toutes les projections identificatoires, toutes les gradations insensibles permettant d'enter l'amour du Créateur sur celui des créatures ou réciproquement, de les prolonger l'un par l'autre, de les articuler l'un sur l'autre ou de les mêler en dosages infinis. Et cela en pleine légitimité, puisque l'amour des créatures se perd dans l'amour de Dieu comme la Loire dans l'océan, en est la métaphore et la propédeutique, se couronne et s'accomplit dans « ce dernier et prodigieux Amour auprès duquel tout le reste n'est rien[1] ». Est-il dès lors nécessaire de convoquer Freud pour commenter — avec la commisération qui s'impose — l'inspiration qu'a Eugénie de faire fondre les bijoux de Charles en un ostensoir d'or offert à l'église « où elle avait tant prié Dieu pour *lui* » (p. 215) ? Le geste est parfaitement clair en lui-même, et tout à fait conscient. Il se passerait de glose, mais les notions chrétiennes nous sont devenues si exotiques qu'il nous paraît aller de soi qu'Eugénie ne sait pas ce qu'elle fait, ne mesure pas le sens de son acte et son « impureté » foncière. Lorsqu'on dit que cet ostensoir est dédié non pas au Père des chrétiens, mais au dieu Éros[2], on disjoint artificiellement et à tort une seule souche de Sens. Eugénie est absolument lucide, et une psychanalyse ne lui apprendrait certes rien en lui révélant qu'elle aime

1. Montherlant (derniers mots de *La Ville dont le prince est un enfant*).

2. Princeton University, *art. cit.* (p. 288).

toujours Charles. Malgré le mépris qu'il a suscité, elle l'aimera toujours, assume et intériorise complètement cette fatalité. Charles, dira-t-elle au président de Bonfons en lui accordant sa main, est « un sentiment inextinguible » (p. 212). Balzac précise qu'elle ne cesse pas de « se nourrir » d'une « passion sans espoir » (p. 217). On a pu dire justement qu'Eugénie, transportant l'avarice dans l'amour, était heureuse tant que le nécessaire de Charles restait bien à l'abri dans son tiroir, car elle possédait son cousin[1]. Mais le don de l'ostensoir est tout différent : comme son nom l'indique, l'ostensoir sert à montrer à tous la Présence, au lieu de la cacher aux autres ; de plus, il est placé dans la maison de Dieu et les rayons d'or qu'il répand sur le monde symbolisent que nul n'est excepté de sa grâce. Au lieu de parler de névrose, mieux vaudrait sans doute parler d'acceptation et de dépassement dans l'adoration perpétuelle. Malgré son indignité, et *parce qu'*il est indigne (*etiam peccata*), Charles n'est pas renié, ni l'amour d'Eugénie pour lui : l'un et l'autre sont offerts, c'est-à-dire hissés dans une sphère plus haute et plus signifiante, consacrés et rachetés. Bernanos aurait trouvé cela tout simple. Mais comprenons-nous Bernanos ?

Bien sûr, dans les moelles, le désir n'est pas tué. Pourquoi le serait-il ? Le désir d'Eugénie pour Charles ne s'est jamais vécu comme coupable, sauf aux

1. N. Mozet, Bibl. de la Pléiade, pp. 996-998.

yeux de Grandet. Sa chasteté, totale, n'en est pas moins « ardente », comme on l'a dit d'une autre Eugénie, qui, elle aussi, plantait la Croix sur des terres calcinées par des feux profanes qu'elle dédiait à Dieu[1]. Purifié, le désir perdure, et Balzac va jusqu'à imaginer qu'il perdure jusqu'au Ciel. Dans la phrase peut-être la plus extraordinaire du roman (et d'autant plus qu'elle vient apparemment tout à trac), cet homme réputé écrire « mal » déclare : « Dieu reconnaîtra ses anges aux inflexions de leur voix et à leurs mystérieux regrets » (p. 38). L'amour divin ne peut-il dédommager, intarissablement, de n'avoir pas connu l'amour des hommes ? Les anges, qui jouissent de Dieu, peuvent-ils regretter quelque chose ? Pensée blasphématoire, peut-être. Mais peut-être aussi paradoxale affirmation de la grandeur d'une créature à qui l'Absolu ne fait pas oublier les désirs de la fragile humanité.

1. Wanda Bannour, *Eugénie de Guérin ou une chasteté ardente*, Albin Michel, 1983.

AINSI VA LE MONDE

La religion d'Eugénie, qui n'a rien de bovaryque, est convaincante justement parce qu'elle n'abjure pas les pulsions et ne la transforme pas brusquement en sainte de vitrail. Elle reste, *Dieu merci*, une femme avec ses ombres et sa lumière, et plausible parce que sans assomption. Le jugement que l'on porte sur cet aspect est d'ailleurs intrinsèquement lié à celui qu'on porte sur le dénouement, qui ne dénoue rien et pour cela n'a pas toujours bonne presse. On l'a trouvé parfois insuffisant, sommairement amené, et on a vu un signe de l'insatisfaction de Balzac lui-même dans le fait qu'il a supprimé cet épilogue lors de la réédition Furne du roman[1]. On pourrait ajouter que la première phrase de la Postface semble prendre les devants d'une déception inévitable du lecteur : « Ce dénouement trompe nécessairement la curiosité » (p. 238). Mais il ajoute aussitôt, ce qui permet, nous semble-t-il, de faire un bon usage de cette fin frustrante : « Peut-être en est-il ainsi de tous les dénouements vrais. »

1. N. Mozet, Bibl. de la Pléiade, pp. 998-999.

Dans la catastrophe qui l'anéantit corps et biens (ou plutôt *sans* anéantir les biens, et c'est là sans doute le pire), Eugénie, vue de l'extérieur, semble avoir le choix entre plusieurs attitudes, toutes plus spectaculaires et littéraires les unes que les autres. Telle une Hermione, elle pourrait se précipiter à Paris, cachant un fer sous sa robe, s'introduire à l'hôtel d'Aubrion et y poignarder l'infidèle, l'aimant mieux mort qu'à une autre (quel beau procès, ensuite, pour *La Gazette des tribunaux* !). Telle une Didon, elle pourrait allumer son bûcher, telle une Butterfly, faire rituellement *seppuku*, les yeux perdus de nostalgie, en direction de la mer calmée, et vide. Telle une Armance, une duchesse de Langeais, elle pourrait disparaître dans un couvent, après avoir distribué sa fortune (rien de plus retentissant que ce suicide symbolique : on imagine les commentaires à Saumur...). Or c'est précisément tous ces modes du romanesque, tous ces déploiements de *virtù* destinés, jusque dans le geste de la rature de soi, à laisser dans la mémoire d'autrui un sillage indélébile, que récuse le non-choix d'Eugénie, pour une solution plus subtile, plus douloureuse aussi. Au lieu des grands partis héroïques, elle décide d'installer ses pénates dans la résignation, les pleurs, le pardon, la prière, le silence et le souvenir (p. 207). Elle n'attend plus rien ni personne. Elle aurait pu rancir, tourner au vinaigre, blettir dans le ressentiment comme une héroïne de Mauriac[1]. Dans la vallée de larmes, sans avoir renié quoi que ce soit du passé, elle le recueille tout entier en présence de Dieu et le lui présente comme son lot de misère et de gloire, avec un *Fiat voluntas tua !* qui exige d'elle une force peu commune. Ce qu'elle a donné ne peut être repris. Le serment tient toujours : « À toi, pour jamais ! » Cela fut dit pour les siècles des siècles. Tout ce qu'elle peut faire est de se maintenir fidèle *pour rien*, d'engloutir sa fidélité à Charles dans sa fidélité à Dieu. Elle a eu ce qu'il est convenu d'appeler « la meilleure part ». Mais cette grâce est une croix bien lourde à porter.

Les conseils du curé pourraient à la rigueur se comprendre dans une optique

1. P. Barbéris, *op. cit.*, p. 132.

de christianisme mondain, mais ce qui les obère définitivement est que nous le savons tout acquis aux intérêts des Cruchot, dont il est le parent. Il est d'un intérêt considérable pour lui de ne pas laisser se perdre le pactole sous le coup d'une inspiration incontrôlée (il est clair que la première idée d'Eugénie est le couvent). Le pasteur a moins en vue l'âme de sa brebis que son héritage. Son argumentation fondée sur une alternative manichéenne : ou quitter le monde, ou en suivre les lois en se mariant, et son rejet de la retraite religieuse sous prétexte que ce serait une démarche égoïste, faisant fi des devoirs envers la société (p. 208), apparaît assez factice et entachée d'arrière-pensées douteuses. Bien plus honnête, mais aussi bien plus difficile à tenir et bien plus secrètement éprouvant, apparaît le compromis imaginé par Eugénie : dans le monde sans être du monde (ce qui définit exactement le chrétien), mariée mais vierge (puisque déjà prise, sans l'avoir jamais été). Le fameux « Restez, monsieur le président », qui mériterait d'être aussi classique que le « Sortez ! » de Roxane dans *Bajazet*, n'est pas seulement un foudroyant effet de théâtre, qui révèle brusquement le dessous de cartes de la partie de whist, et dont le retentissement en orbes concentriques agitera les quatre préfectures environnantes (p. 211), c'est l'un de ces « dénouements en un seul mot » dont, on le sait, Balzac assure qu'ils sont spécifiques de la mystérieuse province ; c'est aussi et surtout, après neuf ans de drame, non pas l'accord final qui résout harmonieusement les tensions, mais la prolongation en point d'orgue d'une dissonance qui persistera, parce que entre les appels du monde et ceux du cœur il n'est pas de conciliation. Eugénie choisit le couvent dans le monde lui-même, c'est-à-dire le cœur dans ce qui n'a pas de cœur.

C'est ce que N. Schor appelle la « solution mélancolique ». Selon cette critique, la mélancolie est bien le principe unificateur du roman ; déterminée chez Eugénie par son identification avec la mère dans un « pacte stoïque », elle confond féminité et algomanie[1], ou dolorisme romantique ; c'est du deuil même au fond qu'elle serait amoureuse. Dans cette perspective, le retrait mélancolique dans le narcissisme serait la seule forme d'autonomie possible pour la femme dans une société où sa fonction dans le symbolique est uniquement de garantir la transmission du phallus. Eugénie s'aménage donc un espace qui n'est ni dehors ni dedans, espace paradoxal alloué à la femme par le patriarcat. Entrée à contrecœur dans le symbolique (le mariage), elle ne renonce pas à l'imaginaire (Charles). Ces analyses fort suggestives[2] ne sont nullement contradictoires avec l'élargissement vers la transcendance religieuse dont nous avons souligné la puissante aspiration.

1. Culte de la douleur.

2. N. Schor, *op. cit.*, pp. 98-101, 106.

Ce qui constitue en tout cas une trouvaille superbe de cette fin prétendument manquée, c'est d'avoir indiqué comment Eugénie, anti-Grandet, reste Grandet

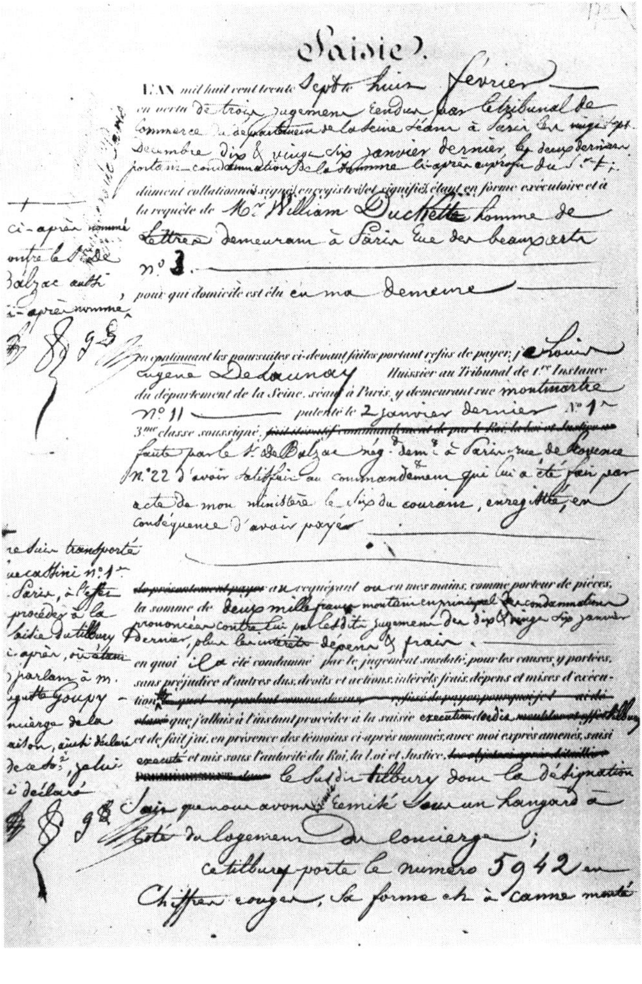

Saisie.

L'AN mil huit cent trente Sept le huit février

en vertu de trois jugemens rendus par le tribunal de commerce du département de la Seine séant à Paris les vingt-sept décembre dix & vingt-six janvier dernier, les deux derniers portant condamnation de la somme ci-après exprimée du Sr [illegible]

dûment collationnés, signés, enregistrés et signifiés, étant en forme exécutoire et à la requête de Mr William Duckett homme de lettres demeurant à Paris rue des beaux arts n° 3

pour qui domicile est élu en ma demeure

En continuant les poursuites ci-devant faites portant refus de payer; je Louis Eugène Delaunay Huissier au Tribunal de 1re Instance du département de la Seine, séant à Paris, y demeurant rue montmartre N° 11 patenté le 2 janvier dernier N° 1 3me classe soussigné, [illegible] faute par le Sr de Balzac nég.t dem.t à Paris rue de Provence N° 22 d'avoir satisfait au commandement qui lui a été fait par acte de mon ministère le dix du courant, enregistré, en conséquence d'avoir payé au requérant ou en mes mains, comme porteur de pièces, la somme de deux mille francs montant en principal des condamnations prononcées contre lui par lesdits jugemens des dix & vingt-six janvier dernier, plus les intérêts dépens & frais, en quoi il a été condamné par le jugement susdaté, pour les causes y portées, sans préjudice d'autres dus, droits et actions, intérêts, frais, dépens et mises d'exécution [illegible] que j'allais à l'instant procéder à la saisie [illegible] et de fait j'ai, en présence des témoins ci-après nommés, avec moi exprès amenés, saisi et mis sous l'autorité du Roi, la Loi et Justice, [illegible] le susdit tilbury dont la désignation suit que nous avons trouvé sous un hangard à côté du logement du concierge; ce tilbury porte le numéro 5942 en chiffres rouges, sa forme est à canne monté

ci-après nommé contre le Sr de Balzac aussi ci-après nommé

me suis transporté rue Cassini n° 1 Paris, à l'effet procéder à la saisie du tilbury ci-après, où étant parlant à m. [illegible] Goupy concierge de la maison, ainsi déclaré [illegible]

« On m'a fait une très confortable voiture de voyage chez les Farry, Breilman et Cie, [...] obtiens d'eux qu'ils la gardent sans me demander d'indemnités. »

Procès-verbal de saisie pour le tilbury de Balzac, 8 février 1837. Ph. © Collection Viollet.

« — Vous m'aimez?... dit-elle. — Oh! oui, bien, répondit-il avec une profondeur d'accent qui révélait une égale profondeur dans le sentiment. »

Le Voisinage, lithographie de Bouchot. Bibliothèque nationale, Paris. Ph. © Bibl. nat.

jusque dans l'héroïcité de ses vertus chrétiennes. C'est bien à son propos, au moins autant qu'à celui de Charles, qu'on pourrait dire : « Le sang des Grandet ne faillit point à sa destinée » (p. 198). Elle a repris sans s'en douter la voix de son père, et de ses expressions autoritaires (« Nous verrons cela »)[1] ; elle maintient imperturbablement ses habitudes d'économie domestique, comme si elle lui obéissait encore après sa mort (pp. 189, 217) ; en dépit de tout ce qui, en elle, y reste radicalement étranger, l'argent l'a contaminée de ses « teintes froides » (p. 218). Elle qui a cru défaire son géniteur, d'une certaine manière elle le continue en fille soumise, en digne héritière, presque en veuve (elle a pris les habits de feu sa mère) ; on a pu la voir comme « possédée », avec son père, par un cas étrange de métempsycose romanesque, dans le rôle du démon[2]. Ces traits de mesquinerie donnent à son « apothéose » finale sa vraisemblance, interdisent de la voir dans une gloire sulpicienne, de la transformer en image de missel. Pas d'hagiographie : Eugénie, qui a incontestablement des traits christiques et vit une sorte de Passion — veuve à trente-trois ans, « tout était consommé », p. 213, etc. —, garde ses infirmités qui l'accompagnent au Ciel. Dans la Préface, protestant de sa modestie, Balzac compare son œuvre à l'un de ces fils de la Vierge (évidemment), qu'une céleste fileuse a laissés tomber de sa quenouille

1. Cf. Alain, *loc. cit.*, p. 991.

2. Cf. N. Mozet, *La Ville de province...*, p. 151.

et qui, après avoir voltigé, argentés, au gré des belles espérances, retournent d'où ils sont venus « sans avoir touché terre » (p. 238). Tout le roman montre au contraire que l'immatériel a subi à ses dépens le contact du sol, a été blessé par la réalité. Lorsqu'elle se « donne », si l'on peut dire, à M. de Bonfons, le premier mot d'Eugénie est pour lui éviter les mensonges du sentiment : « je sais ce qui vous plaît en moi » (p. 212), c'est-à-dire mes millions. (De même — structure du double registre — Nanon sait bien que c'est pour ses rentes, et rien d'autre, que les hommes la courtisent, p. 159.) En une phrase, elle tue dans l'œuf le pathos hypocrite, elle dissipe tout marivaudage humiliant. Jamais elle n'a été plus Grandet que dans cette netteté coupante, souveraine, avec laquelle elle assigne à Bonfons son statut purement économique et lui intime de n'en pas sortir. Une fois mariée, elle n'ignorera pas que son mari escompte sa mort, gage son avenir sur elle ; elle aura pitié de sa haine impuissante (p. 217). Peut-on pousser plus loin la lucidité ? être davantage « démoralisée » ? Si on a eu jadis quelque tentation de la juger oie blanche, on mesure désormais à quel point la vie s'est chargée de la déniaiser.

On ne s'est pas privé — et en un sens c'est légitime — de lire et même d'exploiter *Eugénie Grandet* comme un livre sur la mystification des femmes par les hommes (ces Messieurs, il est vrai, n'ont pas le beau rôle). On s'est scandalisé de voir qu'Eugénie n'a ni les moyens ni l'envie de se faire par elle-même, hors des schémas préétablis que lui inflige la domination masculine, et qu'elle intériorise sans les invalider. Elle se dresse bien contre son père, mais c'est pour se livrer bêtement à un amant qui ne la méritait pas, et qu'elle passera le reste de sa vie à regretter, sans avoir l'idée de retenter sa chance avec un autre (ou plusieurs autres, pourquoi pas ?). Bref, sa libération tourne court, et s'avère d'un désastreux exemple pour les jeunes filles modernes, conviées à montrer plus d'initiative et d'imagination. Tout cela est d'ailleurs sans doute la faute de la province, métaphore de la condition féminine, les provinciales paraissant le dernier recours d'un pouvoir paternel en voie d'essoufflement, mais cherchant désespérément quelqu'un à opprimer[1]. Il est permis aussi de rappeler que si Balzac présente explicitement son héroïne comme une victime, et en un certain sens écrit bien là un *Pitié pour les femmes !*, il réaffirme sans cesse que le système qui broie Eugénie ne tient pas à un contexte socio-historique particulier (qui peut certes l'aggraver : on a même vu en elle une « martyre du capitalisme »)[2], mais à une *nature* : « sentir, aimer, souffrir, se dévouer, sera toujours le texte de la vie des femmes » (p. 157). On peut trouver cette conception datée réactionnaire, révoltante, etc., mais

1. *Ibid.*

2. Cf. L. et N. Rudich, « Eugénie Grandet martyr [*sic*] du capitalisme », *Revue de l'Institut de sociologie*, 1973 (pp. 651-669).

l'honnêteté commande de ne pas lire un autre livre que celui que Balzac a écrit, ou de ne pas l'écrire à sa place. Eugénie n'est pas Camille Maupin (de *Béatrix*), type de la femme citadine, indépendante, émancipée, etc. Mais Camille Maupin sera aussi, parce que femme, tout aussi victime qu'Eugénie, et des hommes ; comprenons : supérieure à eux. Les femmes sont faites pour l'amour, c'est-à-dire pour le malheur. Et c'est le signe même de leur plus grande perfection (p. 239).

Plutôt que de reprocher à Balzac de partager et de propager les stéréotypes de l'époque romantique, en mettant en gloire la femme flouée, il nous paraît plus opportun de souligner *in extremis* la modernité et la cruauté de cette pseudo-fin qui ne « boucle » rien. Si, après son veuvage, Eugénie cette fois non plus n'entre pas au couvent, c'est parce que Balzac a décidé audacieusement de ne pas clore son roman sur une note satisfaisante pour le lecteur, qui a toujours besoin d'un « mot de la fin », aussi sonore que possible. On l'a remarqué : « Chacun connaît le "À nous deux maintenant" lancé pour finir par Rastignac au Paris qu'il va conquérir. Qui citera par cœur les dernières lignes d'*Eugénie Grandet*[1] ? » Personne, parce que *Eugénie Grandet* s'inachève dans une grisaille poignante, des points de suspension navrés qui laissent l'œuvre ouverte, avec ce brusque passage au présent qui d'un

1. Pierre-Louis Rey, *Eugénie Grandet*, Presses Pocket, 1989 (p. 6).

seul coup suture le temps de la lecture avec celui du récit, et nous fait imaginer la « riche et pauvre » Eugénie (p. 106) à Saumur, en ce moment même, seule et attendant la mort. Et on se demande si cela pourra jamais en finir, puisque tout semble devoir recommencer, selon les lois d'un horrible retour ; le roman se mord la queue, la métaphore cynégétique qui le faufile en entier plus que jamais réactivée : Eugénie-gibier, cernée, traquée par Froidfond comme elle l'a été par Cruchot, par des Grassins (p. 218)... La vague revient. Le cycle infernal continue, mû par l'éternelle force motrice de l'argent. Rien de plus simple et de plus fort que cette ultime image de la chasse reprenant, inlassablement. On l'a dit bien souvent : toute grande œuvre, d'une manière ou d'une autre, est une œuvre sur le Temps. La maison Grandet — l'avait-on remarqué en y pénétrant ? — affiche sur sa porte un relief des quatre saisons (p. 33) : cet emblème de la durée toujours neuve et pourtant immobile annonçait non seulement une vision philosophique de l'existence humaine, mais aussi un programme qui concerne directement l'esthétique romanesque. Roger Martin du Gard note un jour : « *Septembre 1920. Les grands sujets en durée.* Ce qu'il y a de passionnant dans le mystère des choses et des êtres, ce sont les *transformations* des situations. Avoir une imagination assez vive et l'observation assez nette pour bien connaître et se représenter la situation d'une famille à un moment donné, et accoler cette vision à l'image nouvelle que présente cette famille dix, vingt ans plus tard. Voilà le tragique, le mystérieux de la vie. Se représenter des parents jeunes, des enfants, un état de choses donné, et vingt ans après, ces mêmes gens, ceux qui restent, ce qu'ils sont devenus, la nouvelle architecture que le kaléidoscope éternel, en tournant implacablement, a composé avec ces petits éléments dépareillés[1]... » On pourrait appliquer ces remarques à *Eugénie Grandet*, qui joue magistralement de cet effet de *da capo*, quand tout reprend mais tout a changé (en pire, bien entendu). C'est l'épaisseur même du temps qui passe, donnée à saisir, presque physiquement, invincible, indifférente, comme la Loire à Saumur. Ainsi *Eugénie Grandet* apparaît-elle pour ce qu'elle est : le contraire même d'une œuvre édifiante ou didactique, moins encore combattante, parce que méditant sur ce qu'on pourrait appeler, en démarquant Hannah Arendt et son *Rapport sur la banalité du mal*, un *Rapport sur la banalité du temps* (c'est la même chose). Tout ce qui s'est passé est d'une banalité totale : *landing, loving, leaving*, comme dans les romans de Pierre Loti[2]. Un homme est passé, il a pris une femme, elle reste seule à regarder le fleuve par où il est parti. Difficile de faire plus « commun ». Difficile sans doute aussi de faire plus humain. « Ainsi va le

1. *Le Lieutenant-Colonel de Maumort*, Bibl. de la Pléiade, 1983 (pp. 1049-1050).

2. Cf. Lesley Blanch, *Pierre Loti*, Seghers, 1986.

monde » : le titre du dernier chapitre de l'édition originale le disait sans élever le ton, avec une parfaite simplicité.

Au bout du compte, ce qui frappe dans *Eugénie Grandet*, ce n'est pas, comme certains s'en sont plaints, l'eau bénite — c'est l'acide. « L'ironie est le fond du caractère de la Providence » (p. 42). On songe à la petite ville de l'*Intermezzo* de Giraudoux, lorsque après les troubles et le dérangement tout est enfin rentré dans l'ordre : à la tombola de la kermesse, c'est le cul-de-jatte de l'orphelinat qui a gagné la motocyclette, et le millionnaire, bien entendu, le gros lot en espèces. Dieu jette des masses d'or à sa prisonnière, dont elle n'a que faire (p. 217), mais cet or jupitérien ne féconde rien ni en cette nouvelle Danaé ni autour d'elle. La stérilité est la règle de ce monde. Ne reste alors, dans les eaux glacées du calcul égoïste, que la convoitise exacerbée jusqu'à la fin des temps par la toison d'or (p. 186). Mais par un comble de scandaleux paradoxe, c'est celle de l'Agneau mystique.

On se demande parfois si le rire de Dieu ne ressemble pas à celui de Satan.

SONIA : Nous allons vivre, oncle Vania. Nous allons vivre une longue, longue file de jours, de soirées ; nous allons patiemment supporter les épreuves que nous infligera notre sort ; nous travaillerons rien que pour les autres, et aujourd'hui, et lorsque nous serons vieux, sans jamais nous arrêter ; et quand notre heure sonnera, nous mourrons avec résignation, et de l'autre côté de la tombe nous raconterons que nous avons souffert, que nous avons pleuré, que nous avons connu l'amertume, et Dieu aura pitié de nous... Nous allons voir, mon oncle, nous allons voir tous les deux, mon cher oncle, une vie lumineuse, belle, harmonieuse, qui nous donnera de la joie, et nous penserons à nos malheurs d'aujourd'hui avec un sourire ému — et nous nous reposerons. J'y crois, mon oncle, j'y crois avec feu, avec passion... *(Elle se met à genoux devant lui et pose sa tête sur les mains de Voïnitzki ; d'une voix fatiguée.)* Nous nous reposerons.

Téléguine joue doucement de la guitare.

SONIA : Nous nous reposerons ! Nous entendrons les anges, nous verrons tout le mal terrestre, toutes nos souffrances noyées dans la miséricorde qui va emplir l'univers tout entier, et la vie deviendra douce, tendre, bonne, comme une caresse. J'y crois, j'y crois... *(Elle lui essuie les larmes avec son mouchoir.)* Tu n'as pas connu de joies dans ta vie, oncle Vania, mais patiente un peu, patiente... Nous nous reposerons... *(Elle l'entoure de ses bras.)* Nous nous reposerons !

Le veilleur de nuit tambourine. Téléguine pince les cordes, doucement ; Maria Vassilievna prend des notes dans la marge de sa brochure ; Marina tricote son bas.

SONIA : Nous nous reposerons !

LE RIDEAU TOMBE LENTEMENT

(Tchékhov, scène finale d'*Oncle Vania*)

DOSSIER

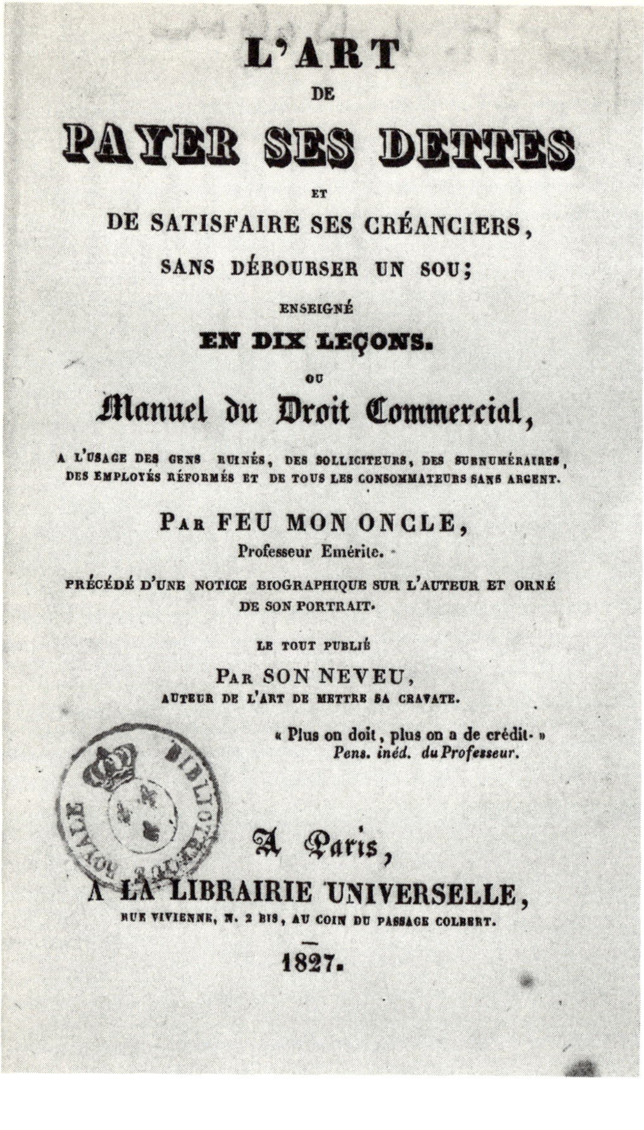

L'ART
DE
PAYER SES DETTES
ET
DE SATISFAIRE SES CRÉANCIERS,
SANS DÉBOURSER UN SOU;
ENSEIGNÉ
EN DIX LEÇONS.
OU
Manuel du Droit Commercial,

A L'USAGE DES GENS RUINÉS, DES SOLLICITEURS, DES SURNUMÉRAIRES, DES EMPLOYÉS RÉFORMÉS ET DE TOUS LES CONSOMMATEURS SANS ARGENT.

PAR FEU MON ONCLE,
Professeur Emérite.

PRÉCÉDÉ D'UNE NOTICE BIOGRAPHIQUE SUR L'AUTEUR ET ORNÉ DE SON PORTRAIT.

LE TOUT PUBLIÉ
PAR SON NEVEU,
AUTEUR DE L'ART DE METTRE SA CRAVATE.

« Plus on doit, plus on a de crédit. »
Pens. inéd. du Professeur.

A Paris,
A LA LIBRAIRIE UNIVERSELLE,
RUE VIVIENNE, N. 2 BIS, AU COIN DU PASSAGE COLBERT.

—

1827.

« Les créanciers, vers le milieu de la cinquième année, étaient encore tenus en échec [...] »
Page de titre de *L'Art de payer ses dettes,...* par (Honoré de Balzac), 1827

I. ÉLÉMENTS BIOGRAPHIQUES

1799	20 mai. Naissance à Tours d'Honoré Balzac, fils du directeur des vivres de la division militaire. Son père a cinquante-trois ans, sa mère vingt. La famille prendra la particule nobiliaire en 1821.
1807-1813	Pensionnaire au collège de Vendôme.
1814	Nommé directeur des vivres dans une entreprise de fournitures aux armées, son père emmène la famille à Paris (deux sœurs sont nées, dont la première, Laure, offrira toujours à Honoré une précieuse affection ; ainsi qu'un frère adultérin).
1815-1819	Honoré travaille comme clerc chez un avoué, puis chez un notaire. Il s'installe dans un grenier pour se livrer à des études philosophiques et littéraires. De 1822 à 1827, il publiera sous pseudonyme une quantité de textes « alimentaires ».
1822	Début de la liaison avec Mme de Berny, « la Dilecta », qui pourrait être sa mère.
1825	Liaison avec la duchesse d'Abrantès, qui achève son éducation. Balzac se fait éditeur et imprimeur (Molière, La Fontaine). Faillite et dettes.
1829	*Le Dernier Chouan*, premier roman signé de son nom. *Physiologie du mariage*.
1830	Premières *Scènes de la vie privée*.
1831	*La Peau de chagrin*. Conversion au légitimisme.
1832	Début des relations épistolaires avec « l'Étrangère », Mme Hanska, qui lui écrit d'Odessa. Vie mondaine.

1833 Rencontre en Suisse avec Mme Hanska. *Eugénie Grandet.*

1834 *La Recherche de l'Absolu.*

1835 Séjour à Vienne avec Mme Hanska. *Le Père Goriot. Séraphîta.*

1836 Voyage en Italie et en Suisse. *Le Lys dans la vallée.*

1837 *La Vieille Fille. Illusions perdues* (début). *César Birotteau.* Voyage en Italie. Achat du domaine des Jardies, à Sèvres, qu'il lui faudra liquider en 1840. Rêves de fortune vite dissipés.

1838 *La Femme supérieure* (plus tard : *Les Employés*). *La Maison Nucingen. La Torpille* (début de *Splendeurs et misères des courtisanes*).

1839 *Le Cabinet des antiques. Une fille d'Ève. Béatrix.* Candidature malheureuse à l'Académie française.

1840 *Une princesse parisienne* (plus tard : *Les Secrets de la princesse de Cadignan*). *Pierrette.* S'installe à Passy (dans la maison de l'actuelle rue Raynouard transformée en Musée). Fondation de l'éphémère *Revue parisienne* où il fait paraître un éloge enthousiaste de *La Chartreuse de Parme* de Stendhal.

1841 Conception de *La Comédie humaine* comme un ensemble organique. *Le Curé de village.* Mort en Ukraine du mari de Mme Hanska.

1842 *Mémoires de deux jeunes mariées. Ursule Mirouët. Albert Savarus. La Femme de trente ans. Les Deux Frères* (future *Rabouilleuse*).

1843 *Une ténébreuse affaire. La Muse du département. Illusions perdues* (en entier). Balzac rejoint

Mme Hanska à Saint-Pétersbourg, après huit ans de séparation.

1844 *Honorine. Modeste Mignon.*

1845 Balzac voyage avec Mme Hanska en Allemagne, Hollande, Belgique, Italie.

1846 Voyages avec Mme Hanska en Italie, Suisse, Allemagne. En novembre, naissance d'un enfant mort-né.

1847 *La Dernière Incarnation de Vautrin* (fin de *Splendeurs et misères des courtisanes*). Séjour de Mme Hanska à Paris. Long séjour de Balzac en Ukraine, chez elle.

1848 Balzac à Paris au moment de la révolution de Février. Repart à l'automne pour l'Ukraine. *Le Cousin Pons, La Cousine Bette.*

1849 Nouvelles candidatures infructueuses à l'Académie.

1850 Balzac épouse Mme Hanska en Ukraine. Retour du couple à Paris en mai.
18 août. Mort de Balzac, épuisé par vingt ans de travail acharné. Victor Hugo prononce l'éloge funèbre au Père-Lachaise.

II. HISTOIRE DU TEXTE

Balzac semble avoir, si l'on en croit sa *Correspondance*, commencé *Eugénie Grandet* — alors envisagée comme un texte assez bref, du genre du *Curé de Tours* — en août 1833. Le début en est publié par *L'Europe littéraire* dans sa livraison du 19 septembre.

S'intercale ici un voyage à Neuchâtel, où Balzac rencontre Mme Hanska pour la première fois. De retour à Paris, il se remet à *Eugénie Grandet*, qui prend des proportions plus importantes que prévu.

L'ouvrage paraît, avec Préface et Postface, chez Mme Charles-Béchet, fin décembre 1833 (daté 1834), en tant que tome V des *Études de mœurs au XIXe siècle* (premier volume des *Scènes de la vie de province*).

En 1839, seconde édition « revue et augmentée », chez Charpentier. La division en six chapitres disparaît (sauf la conclusion) ; apparition de la dédicace « à Maria ».

En 1843, *Eugénie Grandet* entre dans *La Comédie humaine* (tome I des *Scènes de la vie de province*), chez Furne, Dubochet et Cie, Hetzel. Disparition de la Préface et de la Postface.

Balzac avait offert le manuscrit à Mme Hanska comme cadeau de Noël, lorsqu'il la vit pour la seconde fois à Genève, en décembre 1833. Il est aujourd'hui conservé à la Pierpont Morgan Library de New York.

« Que diras-tu donc à ton père, au jour de l'an, quand il voudra voir ton or ? »

La Fortune du Jour de l'An autant en emporte le Vent, gravure. Bibliothèque nationale, Paris.

Ph © Bibl nat.

III. ACCUEIL

Il a été excellent, et tout de suite.

Félix Davin, proche de Balzac, force à peine le ton et prend acte du succès lorsqu'il affirme en tête du premier volume des *Études de mœurs au XIXe siècle* (1835) : « *Eugénie Grandet* a imprimé le cachet à la révolution que M. de Balzac a portée dans le roman. Là s'est accomplie la conquête de la vérité absolue dans l'art ; là est le drame appliqué aux choses les plus simples de la vie privée. C'est une succession de petites causes qui produit des effets puissants, c'est la fusion terrible du trivial et du sublime, du pathétique et du grotesque ; enfin c'est la vie telle qu'elle est, et le roman tel qu'il doit être. »

Le succès d'*Eugénie Grandet* eut un effet décisif sur la carrière de Balzac : il le consacrait « non plus seulement comme journaliste ou comme essayiste brillant, ou comme juge spirituel de son temps, mais comme créateur de personnages, comme peintre de ses contemporains, comme un des centaures du siècle, digne de prendre place auprès de ceux qui avaient renouvelé le roman, Walter Scott, Victor Hugo, Vigny » **(M. Bardèche, *Balzac*, p. 255).**

Jules Simon résume assez bien l'opinion générale qui a très vite fait de l'œuvre un classique, lorsque après la mort de Balzac, et pour le vingtième anniversaire de la publication, il affirme : « N'eût-il fait qu'*Eugénie Grandet*, ce roman-là le sauverait de l'oubli » **(avertissement à une édition dans la « Bibliothèque des Chemins de fer », chez Hachette, 1853).**

L'adhésion du public sera si évidente et si durable que Balzac lui-même finira par s'agacer, de se voir une fois pour toutes et pour toujours étiqueté « l'auteur-d'*Eugénie-Grandet* ». À Mme Hanska, dès le 18 octobre 1834, il confie sa tristesse de voir que *La Recherche de l'Absolu*, « dix fois plus grand », selon lui, qu'*Eugénie Grandet*, « va rester sans succès », et le 10 février 1838, il se plaint encore de cette œuvre, avec laquelle « on a assassiné tant de choses » en lui... Étrange amertume de la réussite de ce qui, occultant des textes plus ambitieux, sera trop souvent réduit aux dimensions d'un médaillon psychologique, d'un « petit chef-d'œuvre », comme le dira chez Proust le duc de Guermantes, balzacien superficiel à la différence du baron de Charlus, attentif, lui, à des enjeux plus profonds... Il est indéniable que certains lecteurs ont utilisé *Eugénie Grandet*, sa mesure, sa sobriété, etc. *contre* le reste de l'œuvre balzacienne, et que Balzac en a été affecté.

On doit signaler que d'autres, peut-être indisposés par un assentiment trop unanime, ont fait entendre des notes discordantes, mais qu'ils les ont réservées à des écrits intimes, comme s'ils n'osaient pas nager à contre-courant. Ainsi Delacroix, qui, prenant le contre-pied de Jules Simon, consigne dans son *Journal* en 1854 que « la triste *Eugénie Grandet* » est un de ces ouvrages « qui ne supportent pas l'épreuve du temps ». Ou Gide (*Journal*, 22 mars 1931) : « Relu d'un trait *Eugénie Grandet* que je n'avais pas repris depuis le jour où je le dévorais, à seize ans, dans une grange de la Roque. C'est le premier Balzac que j'aie lu. Il ne me paraît pas des meilleurs, ni mériter du tout la faveur insigne qu'on lui accorde. L'écriture en est des plus médiocres ; les caractères on ne peut plus sommairement dessinés ; les dialogues conventionnels et souvent inadmissibles, ou mécaniquement motivés par les caractères... Seule l'histoire des spéculations du père Grandet me paraît magistrale ; mais c'est peut-être aussi parce que je n'y suis pas compétent. »

Pareille dissonance dans un concert de louanges souvent convenues témoigne d'un goût certain de la dissidence, voire de la provocation, qui n'étonne pas de la part de quelqu'un qui a toujours préféré le singulier au pluriel ; mais incite aussi à lutter contre la paresse des admirations toutes faites, automatiquement héritées... Si *Eugénie Grandet* continue à être lue, et beaucoup, ce roman ne le doit sans doute pas seulement au poids de l'institution scolaire ou au prestige du panthéon culturel. Tout indique que, malgré le diagnostic gidien, il reste vivant, et « actif ». Encore faut-il essayer d'en détecter les raisons.

« — Tu n'as plus ton or ! s'écria Grandet en se dressant sur ses jarrets comme un cheval qui entend tirer le canon à dix pas de lui. »
La Colère, lithographie de Delpech d'après L. Boilly, 1824.
Bibliothèque nationale, Paris.
Ph. © Bibl. nat.

IV. LA LÉGENDE DU PÈRE GRANDET

ou les avatars du « réalisme »

Dès l'origine, on s'est interrogé sur le modèle de Grandet. Zulma Carraud, l'amie de Balzac, trouvait le personnage invraisemblable :

Lettre du 8 février 1834, in *Correspondance* de Balzac, Garnier, t. II, pp. 462-463.

Eugénie G. m'a beaucoup plu. Si ce n'est pas la femme séduisante, c'est la femme vraie, dévouée, comme beaucoup le sont, sans éclat. L'illumination de son esprit, à la première sensation de l'amour, est vraie aussi, très vraie. J'aurais mieux aimé qu'elle ne se mariât qu'à un homme estimable, puisque son mariage n'était qu'un legs. Le cercle des Grandet est vrai aussi, dans leur obsession de l'héritière et dans leurs cancans. La grande Nanon, admirable ! ! j'ai connu des servantes honnêtes qui volaient pour leurs maîtres avares. Mad. Grandet existe dans chaque ville de province. Cette femme qui a tout donné à un mari qu'elle aime médiocrement, même son être moral, qui serait morte cent fois si elle n'eût eu une fille, on la trouve partout. Il faut vivre en province, et observer un peu pour être frappé du grand nombre de victimes de ce genre qui existent. Reste Grandet ; c'est lui qui n'est pas vrai. D'abord, il est trop riche. En France, aucune épargne, aucune avarice ne peuvent amener, en vingt ans, en cinquante, à une pareille fortune ; il n'y a que la fortune de crédit qui va à tant de millions ; la fortune positive ne le peut, à moins qu'elle ne soit héréditaire et dans un pays où l'hérédité égale n'existe pas. Vous n'avez pas eu de type réel pour cela. Puis, il est impossible à un homme d'accaparer autant d'or monnayé en France, où il y en a si peu, et surtout de l'accaparer en secret ; ce serait une révolution financière qui mettrait le trouble partout et dans le commerce et dans l'administration. Comme avare Grandet n'est pas vrai, il n'est que petit et pauvre. Un avare millionnaire qui a une intelligence assez vaste pour suffire à d'aussi immenses spéculations et en même temps au détail de sa maison (et en cela, il est dans la réalité) cet avare-là ne dit pas à sa femme : *Mange, cela ne coûte rien.* Il n'entame pas le pâté, il le laisse gâter ; il ne l'apporte sur la table que moisi. Je vous mettrai en relations avec des avares millionnaires, à un ou deux millions seulement ; vous les verrez me dire quand je voudrai servir quelque pièce sortable : « Oh ! de grâce, n'entamez pas cela, gardez-le ! » et souffrir quand le couteau s'y enfoncera ; puis, la chose servie, en manger avec timidité. L'avare, c'est l'oncle Robin de M. Périolas, ramassant tous les brins de paille qu'il trouve, pour faire du fumier ; buvant l'Hermitage de son cru, à 400 f. la brique pour ne pas acheter du vin ordinaire à 100 f. Prêt à mourir, il se fait descendre dans sa vaste cuisine parce que son escalier est étroit, lui colossal en hauteur, et que, pour descendre sa bière, il faudrait deux hommes de corvée ; puis il désigne de vieilles planches pour son cercueil, parce que la vanité de sa femme et de ses enfants leur ferait employer des neuves, le fait confectionner devant lui et se faisant apporter la boîte aux vieux clous, les donne lui-même, puis meurt en disant à sa femme ce qu'il faudra faire en vendanges, car leur fortune, c'est le clos de l'Hermitage. Un autre avare (et je l'ai vu) prend les figues que sa femme a osé acheter à bon marché, les jette sur le fumier afin que dans sa maison l'on ne s'accoutume point à ces friandises. Le reste d'*Eugénie*, le cousin, tout cela est bon, mais, dans cette peinture vraie et nécessairement terne d'une vie terne, il ne faut pas que le Ier plan soit aussi saillant. En province, rien n'est saillant. Jusqu'à vous, mon cher aristocrate, vous terniriez au brouillard d'une semblable existence.

Balzac contesta la contestation :

Je ne puis rien dire de vos critiques, si ce n'est que les faits sont contre vous. À Tours, il y a un épicier en boutique qui a 8 millions, M. Eynard, simple colporteur, en a vingt et a eu 13 millions en or chez lui ; il les a placés en 1814, sur le grand-livre, à 56 ; et en a eu vingt ; néanmoins, dans la prochaine édition, je baisserai de 6 millions la fortune de Grandet[...]

Lettre du 12 ou 13 février 1834, *ibid.*, p. 466.

Balzac donna ainsi des armes à ceux qui, après lui, devaient s'exténuer à retrouver dans le réel des « pilotis », comme eût dit Stendhal, du père Grandet. Nicole Mozet rappelle les divers épisodes de ce vain feuilleton, et en tire les leçons :

[...] le père Grandet a fait l'objet d'une énorme littérature critique, qui fournit un remarquable exemple de l'escamotage d'un texte au profit d'un référent extérieur. On a longtemps pensé, en effet, que Balzac avait peint son personnage d'après un propriétaire saumurois nommé Nivelleau, bien connu pour son avarice, et il revient à M. Castex d'avoir définitivement prouvé que ce référent était lui-même imaginaire. Ses arguments sont tellement convaincants que la seule voix contradictoire qui se soit élevée depuis pour

Nicole Mozet, *Introduction* à *Eugénie Grandet*, *in* Balzac *La Comédie humaine*, t. II, « Bibliothèque de la Pléiade », pp. 999-1009.

défendre Nivelleau est celle d'un descendant de celui-ci, qui fait état, en guise de preuve, d'une tradition locale et familiale.

Voici les grandes étapes de ce qu'on peut appeler la légende du père Grandet. Comme pour toutes les légendes, nous sommes très mal renseignés sur sa préhistoire, et c'est seulement en 1901 qu'elle acquiert en quelque sorte droit de cité par les soins d'André Hallays. Celui-ci, se faisant l'écho d'un témoignage oral et indirect, rapporte que Balzac aurait entendu parler de Nivelleau pendant un de ses séjours à Saché. Intrigué par le portrait qu'on lui aurait ainsi tracé de ce personnage, il se serait rendu plusieurs fois à Saumur pour le rencontrer et amasser la documentation nécessaire à son roman — ce qui, d'ailleurs, fait penser beaucoup plus à la méthode de travail de Zola qu'à celle de Balzac. En outre, on a parfois avancé comme preuve supplémentaire de la filiation Nivelleau-Grandet le fait (d'ailleurs nullement établi) que Balzac aurait songé un moment à épouser la fille de l'avare saumurois.

En 1924, Maurice Serval soumit ces hypothèses à l'épreuve d'une enquête rigoureuse, dont nous résumons ici les conclusions. Jean Nivelleau était un agent de change dont la fortune, quoique appréciable, ne fut jamais comparable à la vingtaine de millions du père Grandet. Cette fortune, d'ailleurs, qui ne remontait qu'au Directoire, n'avait pas non plus les origines révolutionnaires qui caractérisent celle du père Grandet. Enfin, la maison que Nivelleau possédait à Saumur, rue du Petit-Maure, n'a aucun point commun avec celle de Grandet.

Le dossier Nivelleau n'en fut pas refermé pour autant. M. Serval lui-même, ne voulant sans doute pas jouer les iconoclastes, admettait en conclusion que Balzac avait peut-être songé un peu à Nivelleau en élaborant son personnage du père Grandet : le château de Montreuil-Bellay, au sud de Saumur, qui appartenait à Nivelleau, avait pu servir de modèle au Froidfond du roman. Prenant appui sur cette conclusion trop prudente, et négligeant les importantes réserves qui étaient formulées d'autre part, la légende s'est perpétuée comme si de rien n'était. Et comme les légendes ne s'encombrent guère des contradictions, une certaine maison au 7 de la rue du Fort, à Saumur, quoique n'ayant jamais appartenu à Nivelleau, continua de passer pour le « modèle » de la maison Grandet. C'est en vain que M. Serval avait démontré que ces habitations n'avaient entre elles d'autres points communs que d'être situées dans un renfoncement et d'avoir deux fenêtres en façade. Marcel Bouteron, une dizaine d'années plus tard, n'y a pas moins présidé une cérémonie commémorative, debout dans l'encadrement d'une des fenêtres. D'autre part, le Guide bleu continue imperturbablement à faire état d'une rencontre entre Balzac et Nivelleau au château de la Mimerolle, près de Saint-Florent.

En 1964, M. Castex ne s'est pas contenté de confirmer les thèses de Maurice Serval en en tirant des conclusions plus radicales. Tout en présentant des « modèles » du père Grandet infiniment plus convaincants que Nivelleau, c'est la notion même de modèle que son argumentation remet en cause. L'opération, en effet, est beaucoup plus complexe que celle qui consisterait à substituer un nom à un autre, et elle demande, pour qu'on puisse en comprendre toutes les implications, une exposition détaillée. Car la méthode employée suppose que soit réalisée une synthèse d'informations très diverses. Il faut d'abord considérer que, la critique ayant aujourd'hui une connaissance beaucoup plus approfondie des mécanismes de la création balzacienne, nous savons qu'il n'existe aucun exemple, dans toute *La Comédie humaine*, d'une « réalité » qui soit entrée dans le texte à titre de totalité, qu'il s'agisse d'objets ou d'êtres humains. On commence d'autre part à se rendre compte, grâce à de patientes enquêtes, de l'ampleur des phénomènes de transposition. Il est notoire en particulier que *La Comédie humaine* fourmille de souvenirs tourangeaux, même et surtout en dehors des romans tourangeaux, et que le processus de transposition est de plus en plus complexe au fur et à mesure que s'élabore l'architecture de l'œuvre. M. Citron, par exemple, a découvert que, dans *Le Médecin de campagne*, Balzac a transféré en Dauphiné la description d'une ferme proche de Saché ; Mlle Fargeaud a établi que le modèle de la maison Claës, localisée à Douai dans *La Recherche de l'Absolu*, était à rechercher à Tours. Les manuscrits, enfin, fournissent eux aussi des signes de ces dépaysements multiples, dont l'origine est généralement tourangelle : c'est le cas pour *La Grande Bretèche*, que Balzac avait située à Tours avant de songer à Vendôme, ou pour *Le Message*, où l'on relève une semblable hésitation entre Tours et Moulins. Le manuscrit d'*Eugénie Grandet* a livré à M. Castex une piste de même nature, mais bien plus nette encore, et surtout infiniment précieuse dans la mesure où elle portait enfin un coup fatal au mythe envahissant de Nivelleau. Au folio 23, en effet, on peut voir que, dans une description, Balzac avait écrit : « le beau soleil des automnes de Touraine », là où on lit dans tous les textes imprimés : « le beau soleil des automnes naturels aux rives de la Loire ». La preuve est désormais acquise que la genèse d'*Eugénie Grandet* n'a rien à voir avec la réalité saumuroise, et il devient dès lors invraisemblable que Balzac ait pensé à un modèle saumurois en élaborant son personnage du père Grandet. Une fois franchi ce pas décisif, il n'est pas difficile de déchiffrer dans le manuscrit plusieurs autres signes qui prouvent que Balzac a toujours pensé à la Touraine avant de parler de l'Anjou [...].

Sur ces nouvelles bases, il était logique d'orienter les recherches du côté de la Touraine. C'est ce qu'a fait M. Castex, qui est remonté jusqu'à un vieil ami de la famille Balzac, M. de Savary. Celui-ci était le parrain du frère de Balzac, Henri, dont le père présumé était son gendre, Jean de Margonne. C'était un ancien militaire, qui fit en 1791 l'acquisition du domaine de La Caillerie, près de Vouvray. Il était par sa femme propriétaire du domaine de Saché, où vécurent sa fille et son gendre, et où Balzac fit de nombreux séjours. Nous savons aussi que Balzac connaissait bien La Caillerie, où il séjourna assez longuement en 1823. Il ne s'agit évidemment pas d'une filiation directe, comme celle que l'on avait voulu voir entre Nivelleau et Grandet. Pour reprendre une expression employée par Mme Meininger au sujet de Surville, le beau-frère de Balzac, M. de Savary serait le modèle « reparaissant » d'une série de personnages apparentés : le Margaritis de *L'Illustre Gaudissart*, le Bourbonne du *Curé de Tours* et de *Madame Firmiani*, et notre Grandet. Voici les arguments fournis par M. Castex en faveur de cette thèse.

L'Illustre Gaudissart a été écrit au mois de novembre 1833, en même temps qu'*Eugénie Grandet.* Margaritis donne son vin comme la « tête de Vouvray », de même que celui de Grandet est la « tête du pays ». Ils ont tous les deux affaire aux négociants de Belgique et de Hollande. On pourrait même ajouter quelques ressemblances plus subtiles, comme le despotisme qu'ils font tous les deux régner chez eux, ou la cachette dans laquelle Margaritis, comme Grandet, garde son argent à l'insu de tous — ce dernier exemple nous invitant d'ailleurs à remonter jusqu'à Maître Cornélius, premier en date (1831) des avares balzaciens, et Tourangeau d'adoption. Notons également [...] que Margaritis, comme Grandet, remporte sur Paris une sorte de victoire.

Quant à M. de Bourbonne, c'est peut-être lui qui nous présente l'image la plus « ressemblante » du Savary de la réalité : il n'est ni drolatique comme Margaritis, ni tragique comme Grandet, et demeure cantonné dans une fonction de personnage « secondaire », qui lui permet de rester plus proche du « type » du propriétaire en pays viticole. Les noms successifs que Balzac a donnés à son personnage ne laissent aucun doute quant à ses origines. Ce personnage, en effet, s'est d'abord appelé, dans l'édition de 1832 de *Madame Firmiani,* M. de Valesnes, du nom d'une seigneurie associée à celle de Saché. En outre, ce M. de Valesnes se fait présenter à Paris « sous le nom de M. de Rouxellay, nom de sa terre », et le domaine des Rouxelley appartenait lui aussi aux Savary depuis le seizième siècle. Le nom de Bourbonne enfin finit comme Margonne (nous ajouterons pour notre part que celui de Margaritis commence de la même façon). Et Bourbonne, comme Savary, était un ancien officier de cavalerie. Bien des éléments, évidemment, font défaut pour que l'on puisse reconstituer dans son ensemble cette sorte d'immense puzzle [...]. Mais en tout cas, le passage de Bourbonne à Grandet se fait aisément, et M. Maurice a fait remarquer qu'on retrouve les mêmes composantes dans les deux portraits — même indifférence en matière d'habillement, même roublarde simplicité, même infaillibilité en affaires —, et cela exprimé presque dans les mêmes termes. Bourbonne, comme Grandet, plante ses peupliers en bordure de la Loire, sur la partie réservée au domaine public, afin de garder ses bonnes terres pour la culture. Il semble donc bien que la science viticole dont Balzac fait preuve dans *Eugénie Grandet* vienne de La Caillerie, tandis que le domaine de Froidfond, « remarquable par son parc, son admirable château, ses fermes, rivière, étangs, forêts », est une transposition de Saché, à qui ces caractéristiques s'appliquent toutes.

Mais Savary, même complété par son gendre Margonne, n'est évidemment pas le seul modèle qui ait servi à l'élaboration d'un personnage aussi complexe que Grandet. M. Castex propose de regarder aussi du côté d'un certain Gabriel-François Coudreux, négociant en cuirs, qui habitait à Tours rue de la Scellerie, puis rue Rapin, franc-maçon comme le père de Balzac — ils appartenaient tous deux à la loge La Parfaite Union de Tours. Coudreux était riche et faisait, quoique libéral, figure de notable : il fut, pendant les Cent-Jours, adjoint au maire de Tours. Il mourut à la fin de la Restauration, en 1829. Parmi ses biens se trouvait la Grenadière, et c'est sa fille Amédée qui en était la propriétaire en 1830 quand Balzac y séjourna avec Mme de Berny. À son retour de la Grenadière, Balzac s'est servi du nom de Coudreux comme pseudonyme, et c'est en 1830 également qu'il l'a utilisé dans un récit demeuré inachevé, *Les Deux Amis*. À bien des égards, cette œuvre constitue, selon l'expression de M. Castex, une « véritable préfiguration tourangelle » d'*Eugénie Grandet*. On y rencontre déjà ces commerçants de petite ville qui possèdent à la campagne une closerie — comme Coudreux la Grenadière —, dans laquelle ils vont passer le samedi et le dimanche : leurs conversations se nourrissent des mêmes considérations atmosphériques sur le « temps d'or », qui fait mûrir le raisin. Le personnage principal, Jean-Joseph Coudreux, est un ancien marchand de soieries qui s'est retiré dans son château de l'Allouette (nom que l'on rencontre aussi dans *Le Curé de Tours*), lequel est situé, comme celui de Saché, « entre le Cher, l'Indre et la Loire ». Ce domaine, avec ses métairies, ses étangs, ses bois, son moulin et son parc, ressemble assez au Froidfond de Grandet. Quant à son propriétaire, il vit avec la même « patriarcale simplicité » que Grandet, et toutes ses actions obéissent au même « instinct d'avarice ». Les portraits des deux personnages, surtout dans leur partie vestimentaire, présentent eux aussi de grandes analogies : Coudreux porte le même « habit marron », la même « culotte courte », les mêmes « bons souliers » que Grandet, et si ses bas sont « chinés » alors que ceux de Grandet sont « drapés », encore faut-il se rappeler que ces derniers étaient, eux aussi, « chinés » sur le manuscrit. Tous deux ont au cœur le même amour exclusif pour leur fille, qui est en même temps leur héritière. Et ce n'est pas parce

Chasseurs de nids d'hirondelles à Sumatra. Gravure, 1882. Ph. © Collection Viollet

« Charles devint dur, âpre à la curée. Il vendit des Chinois, des Nègres, des nids d'hirondelles, des enfants, des artistes ; il fit l'usure en grand. »
La traite des noirs. Gravure de Brown d'après Foussereau, vers 1830. Ph. © Roger-Viollet.

qu'Eugénie Grandet est malheureuse en amour, tandis que Claire Coudreux fait un beau mariage, qu'il faut penser que les deux jeunes filles ne sont pas sœurs : Claire vit en partie la destinée dont Grandet rêve pour sa fille. D'ailleurs, pour elle aussi, le malheur viendra vite, mais après le mariage et dans des circonstances qui rappellent davantage — autant du moins qu'on en peut juger d'après un manuscrit très incomplet — l'atmosphère de *Wann-Chlore*, la dernière des œuvres de jeunesse, que celle d'*Eugénie Grandet*.

Ces ressemblances entre les deux pères et les deux filles (le Coudreux des *Deux Amis* est veuf), pour incontestables qu'elles soient, ne constituent pourtant pas des preuves suffisantes pour affirmer que les Coudreux de la réalité leur ont servi de modèle commun. Aussi est-ce par une question que M. Castex conclut le parallèle qu'il a établi entre les deux œuvres : « L'histoire d'Eugénie Grandet et celle de son père, rattachée de toute façon par des liens étroits à celle des *Deux Amis*, doit-elle indirectement quelques détails à celle des vrais Coudreux ? » Pour notre part, nous voudrions seulement faire remarquer que, *Les Deux Amis* étant restés inédits du vivant de Balzac, la piste que cette œuvre nous fournit, si fragile soit-elle, est cependant moins brouillée que dans les œuvres publiées : on sait en effet que ces dernières sont toutes passées par de multiples corrections, en particulier à l'étape des épreuves, et que notre documentation à cet égard est souvent incomplète. Il faut également noter qu'en 1830, Balzac ne pratiquait pas le dépaysement d'une façon aussi systématique qu'il le fera plus tard, à partir d'*Eugénie Grandet* précisément. Nous avons d'ailleurs vu que cette transplantation de Tours à

Saumur, qui s'est produite lors de la genèse du roman, ne s'est pas toujours faite facilement ni spontanément. Dans *Les Deux Amis*, le fait important est que Balzac exploite sur place le nom de Coudreux, qui est — de cela au moins nous sommes sûrs — un nom tourangeau. Cela ne signifie vraisemblablement pas que le Coudreux de la réalité ait servi de modèle à celui de la fiction : d'ailleurs, l'opération qui consiste à séparer l'onomastique de la psychologie est si simple qu'elle est en quelque sorte le réflexe de base du romancier ; à ce titre, le fait qu'un personnage porte le nom de Coudreux serait presque la preuve qu'il ne doit rien au Coudreux réel. Mais cette homonymie signifie cependant que c'est bien à Tours qu'il faut chercher le modèle du doublet Coudreux (des *Deux Amis*)-Grandet : ce phénomène de déplacement dans l'espace, qui n'est pas sans rappeler le principe de contiguïté sur lequel se fonde la métonymie, est devenu de plus en plus important à mesure que s'affirmait la maîtrise du romancier, mais son aire d'action était à l'origine relativement étroite. Aussi est-ce fort probablement aux Savary, le père et la fille, que nous ramène la piste Coudreux.

Bien que les Savary apparaissent comme l'élément le plus solide des recherches qui ont été menées à partir du personnage de Grandet, il est certain que d'autres éléments sont forcément intervenus, dont il est vain d'espérer pouvoir faire un recensement exhaustif. Ainsi M. Castex a-t-il retrouvé l'origine de l'ancienne abbaye de Noyers, que Grandet acheta « pour un morceau de pain » : un des membres de la famille Sonolet, qui faisait à Tours partie des relations de la famille Balzac, était propriétaire, près de Nouâtre, à l'extrême sud de l'Indre-et-Loire, d'une métairie abbatiale qui portait ce même nom, et dont les fenêtres avaient été également murées. Balzac n'avait pas oublié le nom de Sonolet, puisqu'il appela Solonet un des notaires du *Contrat de mariage*. D'autres enquêtes en revanche ont été moins fructueuses : on ne sait rien, par exemple, de ce Dujai dont Balzac, faisant la chronique de Villeparisis, parle dans une lettre à sa sœur Laure, en juin 1821 : « [...] ce vilain M. Dujai, qui a été obligé à la mort de sa femme de déclarer les millions que lui avait entassés. [...] Le tout était enfoui dans ce certain cabinet où M. Dujai entrait seul ! » Il y a aussi cet « épicier en boutique » dont parle Balzac dans sa correspondance, et que M. Weelen pense avoir identifié [...]. Il ne serait pas difficile d'ajouter d'autres noms à cette liste déjà longue, en cherchant plus avant du côté des relations tourangelles de la famille Balzac. Mais il suffisait d'avoir montré qu'aucune piste ne pouvait conduire à Saumur.

Le mythe Nivelleau est donc bien une création de la critique du début du vingtième siècle, à une époque où, les romans régionalistes (écrits en français) s'étant multipliés au point de constituer un genre littéraire à part, une interprétation régionaliste du personnage de Grandet apparut comme la solution la plus « naturelle » : Balzac devenait dès lors une sorte de grand ancêtre pour un genre littéraire encore neuf et peu sûr de lui. Il est d'ailleurs très significatif que les contemporains de Balzac, qu'il s'agisse de Laure Surville ou de Sainte-Beuve, aient posé le problème, à propos du même personnage de Grandet, en des termes tout à fait différents. Pour eux, comme le montre bien la correspondance entre Zulma Carraud et

Balzac dont nous avons cité plus haut un extrait, il importe seulement de savoir si le personnage en général, et sa fortune en particulier, sont *vraisemblables* ou non. À cette époque, le régionalisme était encore une notion très vague, qui n'avait pas pénétré le domaine de la littérature. Rien d'étonnant, dans ces circonstances, à ce que le nom de Nivelleau n'ait pas été prononcé avant la fin du dix-neuvième siècle, les critiques étant alors obligés d'invoquer la tradition orale pour voiler ce que cette exhumation pouvait avoir de suspect. Cependant, là encore, [...] le texte lui-même est suffisamment ambigu pour que ces interprétations n'aient rien d'absurde : Balzac se donne assez de mal pour situer son roman à Saumur pour qu'il ne soit pas étonnant qu'on ait fini par le croire... Dès 1834, on montrait aux touristes la « maison d'Eugénie Grandet ». Encore aujourd'hui, il est normal qu'*Eugénie Grandet* soit lu davantage à Saumur que dans une autre ville de province de même importance [...]

Aujourd'hui, cependant, nous ne pensons plus que les romans provinciaux de *La Comédie humaine* puissent être considérés comme des œuvres « régionalistes » avant la lettre : la seule œuvre balzacienne qui entre en partie dans cette catégorie est les *Contes drolatiques*, où l'inspiration tourangelle domine. C'est que pour Balzac, en dehors de la Touraine, il ne saurait y avoir de « régionalisme », avec tout ce que ce terme comporte d'affectif et d'inconscient. Aussi le choix de Saumur est-il purement négatif : Saumur = non-Tours, la proximité géographique étant juste suffisante pour assurer la vraisemblance de ces « déplacements » dont nous avons essayé de repérer les plus importants, afin que l'ensemble paraisse cohérent. L'étude génétique qui précède était donc nécessaire pour mettre en évidence cette rupture, étape préalable indispensable avant d'aborder l'étude de « *la* » province balzacienne dans le roman. Le refus de se laisser enfermer dans « *une* » province déterminée s'exprimait très clairement dans l'épilogue supprimé, où l'on pouvait lire : « Chaque département a son Grandet. » Cette formule, que l'on retrouve presque identique au début de *La Vieille Fille* à propos du chevalier de Valois, peut être considérée comme une sorte de postulat de base : dans *La Comédie humaine*, « à quelques usages près, toutes les petites villes se ressemblent » *(La Femme abandonnée)*.

V. ANTHOLOGIE CRITIQUE

En retraçant les diverses étapes de l'irrésistible progression de Grandet, Balzac manifeste une connaissance remarquable de l'évolution économique dans la France révolutionnée. Qu'on en juge à propos de cette mutation capitale, parfaitement comprise par le vieux tonnelier, des revenus terriens aux spéculations mobilières.

Pierre-Georges Castex, « L'ascension de M. Grandet », in *Horizons romantiques*, J. Corti, 1983 (pp. 120-121).

La Restauration [...] fournit à l'avidité des spéculateurs un aliment nouveau : la Rente. Transportons-nous donc à cette dernière époque et voyons comment s'y est conduit M. Grandet. Il semble désormais renoncer à étendre ses propriétés foncières : son dernier achat important, le domaine de Froidfond, date de 1817. C'est que la terre, même bien administrée, rapporte, bon an mal an, 5 % ; or il est possible, à partir de 1815, de gagner bien davantage avec des valeurs mobilières. C'est en achetant des fonds d'État que Grandet couronne sa fortune dans les dernières années de sa vie : Balzac décrit le succès de ses achats avec une clairvoyance rétrospective qui donne à son roman une valeur documentaire.

Sous le régime précédent, l'instabilité née de la guerre extérieure rendait périlleuse toute spéculation mobilière : le titre de cent francs à cinq pour cent demeura toujours fort au-dessous du pair, même au moment des grandes victoires impériales, et s'affaissa en 1814, après la campagne de France, jusqu'à toucher le cours désastreux de 45. La première Restauration suscita une reprise dont les Cent-Jours et Waterloo annulèrent les effets ;

mais le nouvel essor encouragé par la paix ne devait guère fléchir jusqu'à la Révolution de Juillet : un seul recul très sensible fut enregistré en 1818, puis la hausse reprit, irrésistible. Six ans plus tard, le cours de 100 était dépassé et le gouvernement, saisissant la conjoncture favorable, mit à l'étude une conversion facultative qui fut réalisée en 1825. Mal accueilli au départ, le trois pour cent se redressa bientôt et l'ascension en devint plus rapide que celle du cinq pour cent : les capitalistes qui avaient su en acheter à bas prix réalisèrent, en trois ou quatre ans, des bénéfices considérables.

Or Grandet négocie ses premiers achats de cinq pour cent à la fin de 1819, donc peu de temps après la reprise du titre ; il effectue une vente massive en 1824, donc aux abords de la conversion. Pour les deux opérations, le moment était excellent : pendant cette période, les cours ont effectivement monté de 45 % environ et Balzac indique un bénéfice global de cet ordre. Sa rigueur d'historien, toutefois, ne va pas jusqu'à fournir des cotations exactes, car Grandet achète au cours de 80 à une date où le titre valait environ 70 et vend au cours de 115, qui ne fut jamais atteint sous la Restauration. À la fin de sa vie, cependant, alors qu'il s'intéressait activement à la Bourse, il jugea à propos de retoucher son texte, en un endroit au moins, et le cours de 70 est substitué à celui de 80 sur son exemplaire personnel de l'édition Furne, dit Furne corrigé. Malheureusement il a négligé d'aligner les autres cours indiqués sur cette correction, d'où une légère incohérence, qui affecte la logique interne du roman et qui est sensible à une lecture très attentive. Mais nous ne retenons ici le fait que pour montrer à quel point il eut le scrupule d'une information exacte.

En ce qui concerne le 3 %, d'ailleurs, il s'est montré d'emblée mieux renseigné. En 1828, l'inventaire après le décès de Grandet dénombre « six millions placés en trois pour cent à soixante francs, et il valait alors soixante-dix-sept francs » : ces cotations-là sont très proches de la réalité, puisque le nouveau titre, dans les premiers mois de l'émission, est tombé un peu au-dessous de 60, pour dépasser, trois ans plus tard, 76. La marge bénéficiaire, dans les mêmes années, fut bien moindre pour les possesseurs du titre cinq pour cent, qui gagna seulement quelques points : Grandet a donc choisi le placement le plus avantageux, en le négociant aux meilleurs cours.

Car tel est bien, et tel a été toute sa vie, le secret de sa réussite. Grandet est l'homme qui prend le vent de l'Histoire et qui, au terme de sa carrière, selon la formule de M. Bardèche, « a joué la Restauration », comme il avait joué au début la Révolution. Son ascension n'est concevable qu'à l'époque où se sont renouvelées les structures de la société française ; mais dans le cadre de cette époque elle est plausible et prend une valeur d'exemple. Plus concrètement qu'un ouvrage technique, le roman, fondé sur des faits dûment contrôlés, aide à comprendre par quels mécanismes ont pu se constituer, d'un siècle à l'autre, les grandes fortunes de la bourgeoisie nouvelle.

Si on le compare à Molière, on voit bien en quoi Balzac campe un personnage « moderne », même s'il reste daté.

Maurice Bardèche, *Balzac romancier*, Plon, 1943 (pp. 303-304).

[...] les différences entre Harpagon et Grandet soulignent bien tout ce que Balzac apportait de nouveau à l'interprétation de ce sujet classique. Harpagon est un caractère, une image presque allégorique de l'avare, qui se détache sur un fond imprécis : on devine une maison bourgeoise, un train de vie réduit mais assez grand, des obligations, des gens, une position sociale. Mais on le devine seulement et tout est à interpréter. Harpagon est peut-être conseiller au Parlement, mais il s'est peut-être aussi enrichi uniquement par le commerce et par l'usure ; il a peut-être des correspondants à Amsterdam ou à Lübeck, mais peut-être aussi n'est-il qu'un prêteur de quartier. Grandet, au contraire, est fortement dessiné dans sa réalité sociale. Son chapeau à larges bords et ses gants inusables, la promenade dans les rues de Saumur, les interjections joyeuses des passants, les « dires » même qu'on fait sur lui, tout le situe avec précision. C'est l'acheteur de Froidfond ; c'est le maire de Saumur ; il appartient à ce solide tiers état paysan qui donne au trésor public ses souscripteurs et au gouvernement ses conseillers généraux. [...]

Ce que Balzac emprunte à Molière c'est donc surtout un élargissement humain du drame. Grâce à lui ses personnages ont plus de portée. Le père Grandet devient une peinture « classique » de l'avarice. Mais Balzac reste lui-même en n'oubliant pas l'inspiration de ses nouvelles de 1830, en rattachant fortement son personnage à la réalité sociale contemporaine. Grandet est « l'avarice tout entière », selon le mot de F. Davin, mais c'est aussi très précisément une forme d'avarice du dix-neuvième siècle. Quand le type social qu'il représente viendra à disparaître, Grandet incarnera aussi fortement l'avarice, mais il deviendra aussi un document sur la bourgeoisie terrienne du

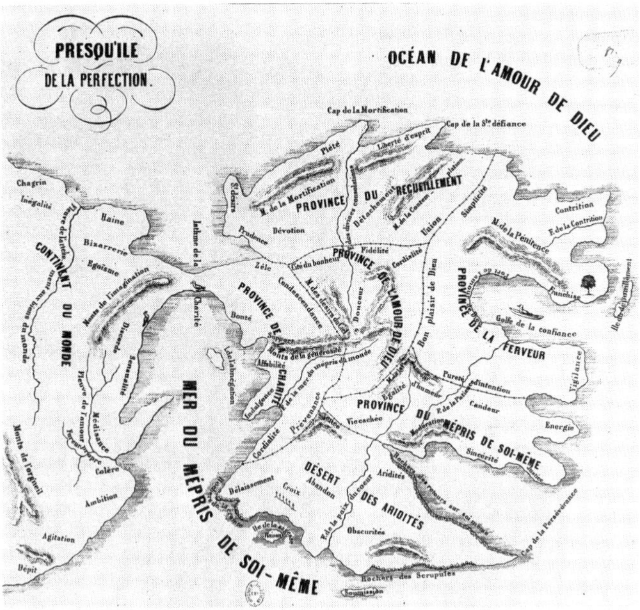

« Ceci est de l'amour, l'amour vrai, l'amour des anges, l'amour fier qui vit de sa douleur et qui en meurt.

Presqu'île de la perfection, planche XIXe siècle, lithographie de C. Fasoli et Ohlman.

Bibliothèque nationale, Paris. Ph. © Bibl. nat.

dix-neuvième siècle. Les moyens mêmes qu'il emploie pourront avoir quelque chose de désuet, quand ces moyens correspondront à une phase historique révolue : l'œuvre de ce grand rassembleur de terres reste attachée à une notion de la propriété et de la richesse propre au dix-neuvième siècle, son amour physique de l'or fait déjà un effet beaucoup moins puissant sur nous que sur ceux qui ont touché et économisé de l'or. Il nous faut même un certain effort d'imagination pour retrouver la puissance et les proportions de Grandet. Aux yeux d'un lecteur de 1840, Grandet est un personnage immense ; ses vingt millions ont alors autant de prestige que pour nous le mot de « milliardaire » sur lequel notre imagination a travaillé. Le contraste entre les puissances du grand capitalisme évoquées par ce mot et la vie mesquine de Grandet provoque alors un effet dramatique vigoureux qui s'est atténué pour nous. À un siècle de distance, Grandet n'est plus qu'un grand propriétaire très riche qui vit petitement. *Eugénie Grandet* n'est aujourd'hui qu'un roman historique.

L'une des plus fortes nouveautés de Balzac est de montrer comment le système de l'argent contamine jusqu'à ce qui lui semble le plus étranger, le don du sentiment.

Sylvère Lotringer, « Mesure de la démesure », *Poétique*, n° 12, © Édition du Seuil, 1972, (pp. 487-489).

On a tout dit, et tout omis, lorsqu'on souligne à l'envi que l'argent est chez Balzac, par exemple, la mesure de toute chose. « La vie est une affaire », s'exclame le père Grandet ; elle est, précise Gobseck, « une machine à laquelle l'argent imprime le mouvement ». C'est le mouvement qui imprime l'argent sur la machine sociale, et non l'inverse. En dépit des apparences, dans ce « grand remuement d'intérêts » qu'est le monde, le remuement prime la prime. Toute liaison (commerciale, amoureuse, etc.) est bénéfique à l'échange du fait qu'elle établit un lien. Ce que Mathilde de la Mole ne pardonne pas à Julien Sorel, dans sa prison, c'est de désirer la solitude. Les spéculations de Grandet, même lorsqu'elles se font aux dépens de ses concitoyens, ne laissent pas d'emporter leur adhésion : « Il se rencontrait en lui [...] un persistant besoin de jouer une partie avec les autres hommes, de leur gagner légalement leurs écus. » On ne peut tirer de gain que par le détour des autres ; c'est dire que tout profit réunit. Un capitaliste est d'ailleurs, pour Gobseck, « un homme qui entre, par le fort denier qu'il réclame de son argent, comme *associé* par anticipation dans les entreprises et les spéculations lucratives ». L'usure rassure, puisqu'elle rassemble. Lévi-Strauss l'a pareillement souligné : « Le transfert consenti d'une valeur d'un individu à un autre change ceux-ci en partenaires, et ajoute une qualité nouvelle à la valeur transférée. » La valeur de l'échange est dans l'échange de la valeur. Si les écus, pour le père Grandet, « vivent et grouillent comme des hommes » alors que les hommes présentent des faces « froides, dures, effacées comme celles des écus démonétisés », c'est que l'argent, du moins, comme il le dit, « ça va, ça vient, ça sue, ça produit ».

Eugénie et sa mère se situent en marge du circuit ; elles constituent par là des « exceptions curieuses ». Une grande division s'esquisse ici entre l'argent et le sentiment, l'usure et la religion, la matière et l'esprit, bref l'échange et la différence. Alors que Grandet ne suit, en toutes choses, que son intérêt, les deux femmes « ne prisaient ni ne méprisaient l'argent, accoutumées qu'elles étaient à s'en passer ». L'argent ne se passe pas d'elles pour autant : Grandet accapare la fortune de sa femme et tourne à son profit la rivalité des Cruchotins et des Grassinistes autour de l'héritière. Leur désintéressement fait donc lui aussi le jeu de l'intérêt. Du moins la différence garde-t-elle avec elles l'essentiel de sa pertinence à l'intérieur de la sphère sociale.

Ce point est capital : dans les romans antérieurs, où la vertu se prêtait assez bien aux manœuvres de l'échange, leur complicité de fait exigeait pour être dévoilée la remise en cause simultanée des deux catégories constitutives de la règle, c'est-à-dire la transgression (codée) du système de la mesure. La passion de Mme de Clèves venait ainsi récuser par sa retraite tout autant la morale de Mme de Chartres que le libertinage de Nemours. La dé-mesure passionnelle s'avère en conséquence d'autant plus forte, et l'infraction plus marquée, que la différence morale est plus faible à l'intérieur de la mesure. Inversement, le rejet du monde est d'autant moins prononcé que la mesure respecte plus sa teneur distinctive.

L'intégration du « héros » est un trait essentiel du roman balzacien. C'est ce qui explique que l'amour d'Eugénie ne provoque, dès qu'il apparaît, aucune rupture insurmontable. Sa mère favorise au contraire cette union, la passion a cependant pour effet là aussi de mettre fin au compromis qui s'était instauré en faveur de l'échange. Eugénie passe, grâce à elle, de l'ignorance à la connaissance du mécanisme auquel elle obéissait. Le sentiment, que l'amour vient encore renforcer, s'oppose désormais ouvertement à la règle de l'argent.

Il ne peut le faire, toutefois, du sein de la mesure, qu'en recourant à cela même qu'il entend éviter. Déjà la religion (charité, neuvaines, deuil) ne trouvait à s'exprimer qu'au moyen de l'échange : « C'est cela », répondait Grandet, « toujours dépenser de l'argent. » L'amour lui-même ne peut jamais être signifié que par ce qui le nie : Eugénie confie son douzain à Charles, le père Goriot se ruine pour ses filles. Les sentiments se « matérialisent » puisque leur intensité est fonction des sommes ainsi mises en circulation. Eugénie est reléguée dans sa chambre et le Christ de la Paternité va jusqu'à inscrire d'étage en étage, dans l'économie de la pension Vauquer, l'espace palpable de sa passion. On peut en conclure que la conduite apparemment la plus irréductible, les actions dont la spontanéité est le moins sujette à caution, même si elles ne tirent pas leur impulsion première du circuit de l'argent (comme la ronde des prétendants autour d'Eugénie, des mouchards autour de Vautrin, des ambitieux autour des salons), doivent à tout le moins emprunter son langage, donc participer d'un dispositif qui les tourne en leur contraire. Le don d'Eugénie, pur acte d'amour, lui revient comme une combinaison commerciale, un prêt usuraire intégralement remboursé, avec intérêts et capital. Et si Mme de Restaud retourne au chevet de son père implorer son pardon, c'est qu'il a oublié d'endosser son titre...

On pourrait croire à une articulation malheureuse, et par là évitable, du sentiment et de l'argent : si le don *devient* un prêt ou le pardon un protêt, c'est, on nous le suggère, que Charles a changé, ou que les filles du père Goriot ne l'ont jamais aimé. Un autre objet aurait pu, dès lors, sauvegarder ce qu'ils dégradent. En réalité, toute transaction, qu'elle ressortisse au sentiment ou à l'intérêt, se trouve prise *d'emblée* dans un système général de prestations. Il suffirait de scruter le don d'Eugénie, à commencer par l'échange douzain/coffret, pour y déceler dès l'origine toutes les ambiguïtés qui feront d'une « bonne œuvre » un placement et par suite, selon les termes de Grandet, une bonne affaire : « Un jour vous me le rendrez », déclare Eugénie à son cousin et elle poursuit, en reprenant la formule même de Gobseck, « d'ailleurs, nous nous associerons... ». Par un glissement métonymique caractérisé, offre financière et demande amoureuse ont échangé leurs désignations. « Mêler l'argent aux sentiments, n'est-ce pas horrible ? » dit Mme de Nucingen à Rastignac, qui ne fait rien d'autre avec elle comme elle avec son père, et Charles Grandet empoche les écus d'Eugénie en l'assurant qu'« entre nous, n'est-ce pas ?... L'argent ne sera jamais rien. Le sentiment [...] sera tout désormais ».

Eugénie ou Goriot spéculent sur l'argent comme Charles et Rastignac sur l'amour. Peu importe, en fait, qui sur le moment escompte l'autre, l'essentiel, pour l'échange, tenant à l'existence même d'un acte de communication. L'échange balzacien repose, comme dans les sociétés archaïques, non sur des opérations discrètes qu'il faudrait analyser isolément (donner, recevoir, rendre selon la terminologie de Marcel Mauss), mais sur une loi unique dont les obligations séparées ne constituent que des modalités fragmentaires. Le sentiment ne peut que verser du côté de l'échange pour autant qu'il se prête à une quelconque transaction. Eugénie a beau écraser

Charles par la liquidation somptuaire de ses dettes, elle doit acheter ce service par un mariage d'argent, donc s'insérer de plus belle dans « le jeu de la machine ». La loi ne connaît qu'une infraction véritable (ou qui, du moins, se présente comme telle car elle aussi, elle surtout, relève du système) : la suppression de tout détour social, le choix sans précédent du raccourci — c'est la passion sans l'amant, la religion sans le monde, la différence sans la mesure. « Il n'y a de bonheur que dans le ciel », dit Mme Grandet en expirant, tandis qu'Eugénie ne songe qu'à se retirer avec « dans le cœur un sentiment inextinguible ». Tout roman peut emprunter trois issues distinctes (inscrites néanmoins dans une même programmation) puisque, aussi bien, comme le souligne Rastignac, « les belles âmes ne peuvent pas rester longtemps en ce monde ». « Comment les grands sentiments, poursuit-il, s'allieraient-ils en effet à une société mesquine, petite, superficielle ? » L'ambitieux, par son ultime apostrophe, se raye donc des belles âmes ; il tranche l'hésitation en faveur de la règle (la mesure sans la différence). Eugénie, qui n'est pas du monde au milieu du monde, est vouée à assumer une part de ses petitesses ; elle réintègre, en d'autres termes, malgré elle, l'intérêt dans le sentiment (la mesure dans la différence). Julien Sorel, enfin, renonce à toute mesure en empruntant le *raccourci* de la grandeur.

***Eugénie Grandet* est impossible à Paris. Tout dans cette histoire s'origine dans les caractéristiques spécifiques de cet univers inconnu dont Balzac se fait le premier ethnographe : la province profonde. Définie le plus souvent négativement par rapport à la capitale, elle n'en recèle pas moins de secrètes beautés.**

Du point de vue symbolique — c'est-à-dire dans l'esthétique balzacienne —, la ville est [...] du côté du limité, du concentré, et par conséquent de l'intérieur. Intériorité d'abord purement négative : la province est laide autant qu'ennuyeuse. Mais Eugénie s'initiant à l'amour devient accessible à la beauté du monde. Au premier matin de son bonheur éphémère, le soleil levant déchire le voile qui la séparait des choses. Pour elle, le jardin de son père devient lieu érotique, poétique. Dans cette page, [...] Balzac fait du Chateaubriand en sourdine, en désarticulant la vieille association romantique de la beauté et de l'exotisme. Le paysage provincial accède enfin à la dignité esthétique grâce à sa provincialité, par l'intermédiaire, proustien avant la lettre, d'un petit « pan de mur » éclairé par le soleil. Un peu plus loin, on retrouve Eugénie en train d'admirer « le sublime paysage de la Loire sans écouter les calculs de son père ». Dans le labyrinthe provincial, Balzac a expérimenté une technique des demi-teintes et des demi-tons, qui nous mène aux antipodes des excès romantiques de l'oxymore, mais sans pour autant se contenter d'une impossible « copie » de la réalité, comme on l'a dit trop souvent. Dans *Eugénie Grandet*, beaucoup plus « réaliste » dans ses intentions que dans ses réalisations, la technique de représentation n'a rien à voir avec les peintures en trompe l'œil. Elle est à mi-chemin entre la nature morte et l'étude abstraite.

Nicole Mozet, *La Ville de province dans l'œuvre de Balzac*, SEDES-CDU, 1982 (pp. 149-150).

Le charme de la province est un charme secret, qu'il faut aller chercher loin, comme les princesses des contes, en s'enfonçant courageusement dans les profondeurs des vieilles villes. Aventure d'autant plus délicieuse que les obstacles ne sont pas matériels, puisqu'ils ne tiennent qu'aux degrés de la sensibilité de chacun. Car il faut apprendre à voir. Eugénie une fois initiée découvre dans le même mouvement sa propre laideur de petite provinciale — « Je suis trop laide, il ne fera pas attention à moi » —, le « froid dénuement de la maison paternelle » et la « mélancolie » de sa ville natale. Le mythe de Peau-d'Âne peut nous aider à comprendre l'étrange statut de la ville de Saumur dans *Eugénie Grandet*. Saumur, comme Peau-d'Âne, cache sa beauté sous une carapace de laideur, qui masque tout en protégeant. Une beauté prisonnière émeut davantage d'être si fragile et un peu martyrisée, comme les héroïnes de Sade, mais aussi comme les derniers témoins archéologiques d'une série détruite, d'autant plus précieux qu'ils sont plus menacés. La beauté de Saumur, qui n'est affichée nulle part dans le texte, est comme celle de son héroïne, à laquelle elle sert de double : facile à méconnaître et réservée aux artistes. Ainsi conçue, la lecture s'apparente à la quête mystique, à laquelle est indispensable une certaine pureté du cœur. La lecture est de plus en plus difficile parce que la réalité devient chaque jour plus composite, le présent s'efforçant toujours de recouvrir et d'annihiler le passé dont il est le produit. Lire, c'est essayer de comprendre l'Histoire. Dans *La Comédie humaine*, la ville de province témoigne à la fois de la destruction du passé, synonyme de beauté, et de sa conservation miraculeuse, sous la forme de quelques fragments épars. La dichotomie Tours-Touraine est dépassée, non sans laisser sa trace fortement nostalgique dans l'espace intérieur lui-même, qui se trouve investi du redoutable privilège de servir de protection, grâce à ses

« — Ma mère avait raison, dit-elle en pleurant. Souffrir et mourir. »
Le rêve d'une dévote, lithographie de Delaporte d'après Bouchot. Bibliothèque nationale, Paris.
Ph. © Bibl. nat.

limites, à des morceaux d'infini, ou, si l'on préfère, à des morceaux de poésie. D'ailleurs, par rapport à Paris, souvent assimilé à la Poésie, la province n'est-elle pas Prose, dont la destinée littéraire, au moins d'un point de vue balzacien, serait de récupérer et de renouveler une poésie devenue caduque en même temps que le système social qui la cautionnait ?

Mais la province, c'est surtout pour Balzac un monde feutré, apparemment stagnant, où de « grandes petites choses » remuent violemment dans les profondeurs, ridant à peine la surface. Tout son art est alors dans la mise en scène subtile des signes révélateurs de la tragédie domestique

Maurice Bardèche, *op. cit.* (pp. 314-316).

Dans les onze scènes qui amènent le récit jusqu'à la première résistance d'Eugénie, l'intérêt est soutenu par sa science des contrastes, des reprises, des « rappels de teinte », et ainsi son roman le plus classique ressemble sur ce point à son œuvre la plus romantique. Avec moins de virtuosité, moins d'éclat et de recherche, il y a une parenté certaine entre la structure discrète de ces scènes et le jeu scintillant des « échos intérieurs ». Ici, tous les détails se répondent les uns aux autres et la peinture des caractères est obtenue par un recours continuel à des effets d'opposition. Eugénie vient tourner autour de Nanon pour obtenir de la crème et un peu de galette ; aussitôt après arrive Grandet et nous avons la réplique de cette scène par la distribution des provisions. À la conversation de Grandet avec le notaire au sujet de ses peupliers, première preuve du génie de Grandet, répondent presque aussitôt les soins avec lesquels Eugénie et sa mère arrangent chaque détail du repas défendu et déploient de leur côté leur génie de tendresse. La frivolité de Charles se devine pendant qu'il gobe délicatement ses mouillettes beurrées ; la frugalité du père Grandet éclate dans le repas qu'il prend debout, son caractère se manifeste par ses mots, par ses silences. Chaque scène prépare le petit drame qui va se jouer, mais en même temps montre les différences des deux caractères de Grandet et d'Eugénie et fait prévoir les causes du conflit qui se produira entre eux. Chaque incident est inventé pour sa valeur symbolique et, à chaque fois, cette valeur symbolique est soulignée par un contraste particulier. Ainsi, dans des œuvres d'inspiration et d'intention différentes, Balzac instinctivement, retrouve des voies identiques.

Mais ce n'est pas seulement entre ces divers tableaux qu'il existe d'ingénieuses correspondances, c'est aussi entre la scène du déjeuner auquel elles aboutissent et le drame véritable qui opposera un jour Eugénie et son père. La scène du déjeuner est autre chose qu'une péripétie destinée à donner un centre à cette journée d'incidents, c'est une représentation en miniature du drame qui va se jouer un peu plus tard. Les silences de Mlle Gamard laissaient déjà prévoir le caractère sournois de la lutte qui allait l'opposer à Birotteau : quelques heures de leur journée suffisaient pour que nous puissions peser leurs armes. Ici, Eugénie affrontant la volonté de son père par un geste symbolique annonce la gravité de la lutte qui va l'opposer à Grandet et son caractère implacable. Sur une échelle très réduite, à propos d'un incident insignifiant, mais avec des couleurs aussi précises et des traits aussi nets, la scène du drame apparaît une première fois projetée comme un avertissement, comme dans ces tableaux flamands auxquels Balzac comparait si souvent ses nouvelles, on voit sur un miroir convexe se reproduire l'œuvre du peintre. Le courage que l'amour a inspiré à Eugénie pour de petites choses est le même courage qu'elle aura dans les circonstances graves. L'énergie et l'entêtement des Grandet qui se révèlent pour la première fois en elle à propos d'un beurrier, d'un sucrier et d'une tarte sont ceux qui la soutiendront lorsqu'il faudra défendre des symboles plus précieux de son amour. Entre la scène du déjeuner et la scène du nécessaire, il n'y a qu'une différence de résonance. Les mêmes passions, les mêmes traits de caractère, la même opposition fondamentale se trouvent déjà en jeu.

Ainsi des détails éclairés et combinés de manière à provoquer un petit drame de famille, et ce drame anodin préfigurant le drame vrai qui sortira des passions, voilà ce que nous trouvons dans la partie centrale d'*Eugénie Grandet*. N'était-ce pas là ce que Balzac appelait les « préparations » ? Nous pénétrer de la vie de la famille Grandet [...] mais en nous montrant les symptômes de l'orage qui se prépare, nous familiariser avec les gens, les lieux, les intérêts et en même temps nous faire pressentir le lendemain par des signes imperceptibles, par des teintes plus chaudes, plus menaçantes de l'atmosphère, voilà ce que Balzac appelle « préparer » un drame, c'est-à-dire lui donner à la fois son cadre, sa couleur, et son mouvement. Ces préparations-là ne sont pas celles qui permettent ensuite à l'auteur de faire progresser le drame ou de le suspendre, ce ne sont pas des ressorts ou des pièges disposés d'avance. Mais ce sont des préparations bien autrement précieuses. Grâce à elles, nous sommes entourés peu à peu de réalité ; nous sommes entraînés par un courant puissant de petites choses vers les tempêtes du drame ; nous percevons par moments les lueurs fugitives qui nous annoncent une destinée, et nous participons ainsi, sans nous en douter, sollicités de toutes parts par des impressions indéfinissables, par des sympathies confuses, à la montée lente et continue vers le drame.

La province est essentiellement religieuse. Dans *Eugénie Grandet*, la religion apparaît extrêmement ambiguë, dans ses relations avec un autre culte qui tend à remplacer le christianisme : celui de l'or. On en verra un symptôme dans le destin inattendu de la servante, ici comparé à celui de sa congénère dans l'un des *Trois contes* de Flaubert.

Princeton University, « Thèmes religieux dans *Eugénie Grandet* », *L'Année balzacienne*, 1976 (pp. 223-224) (D.R.).

Parler de sainteté au sujet de Nanon peut sembler paradoxal. Et pourtant... Il nous a semblé que la servante des Grandet est la préfiguration paradigmatique d'une autre servante qui atteint la béatitude : la Félicité d'*Un cœur simple* (et rappelons-nous que Nanon a « le cœur simple et la tête étroite »). Le parallélisme entre les deux personnages est frappant : comme Félicité, Nanon est une fille de la campagne ; comme Félicité, elle a été abreuvée de mauvais traitements dans sa jeunesse ; comme Félicité, elle a gardé les vaches et a été chassée pour une faute qu'elle n'a pas commise ; comme Félicité, elle est recueillie dans une famille bourgeoise de province ; comme Félicité, elle est pleine de reconnaissance pour des maîtres qui l'exploitent et dont elle défend les intérêts : comme Félicité qui prépare les tables du boston hebdomadaire, Nanon prépare celles du loto chez les Grandet ; comme Félicité, elle se dévoue aux enfants (ici à la fille) de la maison... et l'on pourrait multiplier ces rapprochements.

Certes, le destin des deux servantes ne sera pas le même. Félicité mourra dans la misère et l'extase. Nanon vivra, mariée ; ses enfants — si elle n'était pas trop âgée pour en espérer — auraient été des bourgeois. Félicité a vécu dans la chasteté, la pauvreté et l'obéissance. Nanon aussi, jusqu'à la mort du Grand-Prêtre de l'or ; mort qui, en quelque sorte, la libère des vœux monastiques que le destin lui avait imposés : la chaste Nanon se marie ; la pauvre Nanon a des rentes ; l'obéissante Nanon commande à une cuisinière et à une femme de chambre.

Le chemin de la sainteté passe par l'imitation de la vie du Christ, marquée par l'abnégation, la charité, la pauvreté, l'humilité, la souffrance et la dévotion. Ces vertus, la Grande Nanon les a pratiquées dans l'humble sphère où se déroule son existence. Mais des « trois cœurs purs » de la maisonnée, « ceux de Nanon, d'Eugénie et de sa mère » (et Balzac mentionne Nanon en premier), la servante est la seule qui fera son salut sur la terre.

C'est qu'*à l'époque actuelle*, comme le dit Balzac, l'imitation du Christ telle qu'elle se pratiquait peut-être avant que le Dieu-or ne soit devenu si puissant, est devenue une absurdité : nous l'avons vu dans le cas de Mme Grandet. La description de son agonie est une image d'Epinal. Balzac a beau multiplier les effets pathétiques, il a trop cruellement disséqué le caractère de la sainte femme pour qu'elle puisse inspirer l'admiration. Elle ne suscite que la pitié, et si elle va « au ciel » après une « mort toute chrétienne ; n'est-ce pas dire sublime ? », son destin ne saurait pour autant nous paraître exemplaire.

Nanon, au contraire, a tenu la gageure de conserver ses vertus tout en faisant fructifier ses capitaux. Elle a eu la sagesse instinctive de rendre à Mammon ce qui était à Mammon et à Dieu ce qui était à Dieu, de servir en même temps le Dieu des chrétiens et le dieu des avares. L'un et l'autre l'ont comblée de bienfaits. Si l'expression « réussir sa vie » a un sens dans l'univers balzacien, Nanon a réussi la sienne.

Quant au passage d'étoile filante de Charles dans le monde routinier de Saumur, il n'aura été, pour Grandet, messager d'aucune valeur neuve, et ne remet nullement en cause le primat de la productivité sur la gratuité de l'Art, de l'avoir sur l'être, tel que le vit le vieil avare.

Inséré à la faveur de la trame romanesque dans le système socio-économique dont il participe pleinement, le dandy perd son illusoire supériorité. À plus forte raison se voit-il dénié tout pouvoir de contestation : « Il ne bouleverse aucune des lois établies. Il se veut inutile et, sans doute, il ne *sert* pas ; mais il ne nuit pas non plus ; et la classe au pouvoir préférera toujours un dandy à un révolutionnaire[1]. » C'est dans cette perspective que Balzac s'abstient de projeter dans Charles l'image mythique du grand révolté[2] : son personnage garde les proportions d'un transgresseur aussi

Ruth Amossy et Elisheva Rosen, « La configuration du dandy dans *Eugénie Grandet* », *L'Année balzacienne*, 1975 (pp. 259-261) (D.R.).

1. Jean-Paul Sartre, *Baudelaire*, Paris, Gallimard, coll. « Idées », 1963, p. 168.

2. Mythe dont l'ouvrage de Camus, faisant du dandy un révolté métaphysique, offre l'une des dernières résurgences. Voir Albert Camus, *L'Homme révolté*, Paris, Gallimard, 1951.

anodin qu'inefficace, celui même que Grandet a bientôt empêché de « révolutionne[r] [s]a maison ». Entièrement tributaire d'un ordre social donné, le dandy y souscrit sur un mode dégradé et impuissant. Aussi ne représente-t-il à aucun moment, dans la distribution romanesque d'*Eugénie Grandet*, le personnage du Poète. Balzac s'inscrit dès lors en faux contre l'idéologie romantique qui voit dans le dandy « un artiste à sa manière » non seulement parce que « c'est toute sa vie qui est son œuvre d'art à lui[1] », mais aussi et essentiellement en fonction d'une certaine mythification de la création littéraire. C'est en effet sur une conception particulière de la gratuité, et de la fonction qui doit lui être dévolue dans la société capitaliste, que repose l'assimilation du dandy et du poète. — Exaltation de « la dépense pour la dépense » sur les plans corrélatifs de l'économie générale et de l'économie du désir, dont les théories de Georges Bataille éclairent l'assise sociohistorique. Notant que « la perte ostentatoire reste universellement liée à la richesse comme sa fonction dernière », l'auteur de *La Part maudite* remarque en effet que, « en tant que classe possédant la richesse, ayant reçu avec la richesse l'obligation de la dépense fonctionnelle, la bourgeoisie moderne se caractérise par le refus de principe qu'elle oppose à cette obligation[2] ». Refus qui justifie sa montée au pouvoir en place de l'ancienne aristocratie, mais lui compose « un visage sordide, si rapace sans noblesse et si affreusement petit que toute vie humaine, à les

1. Jules Lemaître, cité in Emilien Carassus, *Le Mythe du dandy*, A. Colin, 1971, p. 254.

2. Georges Bataille, « La notion de dépense », in *La Part maudite*, Paris, éd. de Minuit, coll. « Points », 1967, p. 38.

voir, semble dégradée[1] ». C'est dans ce cadre que certains personnages privilégiés assument l'héritage de la « part maudite » et viennent opposer, avec une ostentatoire magnificence, le temps de la fête au temps du travail, la suprématie de l'instant au calcul de l'avenir, la gratuité à l'utilitarisme bourgeois et le royaume de l'enfance au monde « adulte » de l'accumulation capitaliste. Désormais liés à une certaine « fascination » du Mal, l'artiste et le dandy expriment le malaise d'une société qui, opposant « l'accroissement des forces productives aux jouissances improductives[2] », tend à réduire totalement en l'homme sa part souveraine.

Sans doute Balzac aurait-il souscrit à l'idée que « comme toute activité, la poésie peut être envisagée sous l'angle économique[3] ». Encore donne-t-il une signification sensiblement différente à l'interférence de l'art et de l'économie politique. La dépense, ressort du jeu esthétique qui fonde le dandy, ne relève du domaine de l'enfance que sous la forme dérisoire d'une puérilité aliénante. Le tenant de la gratuité et de la fête perpétuelle se confond, non avec le poète prométhéen, mais avec un simple figurant de l'échiquier socio-économique[4] dont le principe représenté par Grandet règle savamment les mouvements. Proie d'un orgueil qui prend l'apparence futile de la vanité, le dandy fait une piètre figure dans l'univers d'*Eugénie Grandet*. Aussi l'artiste ne découvre-t-il dans cette image d'impuissance et

1. *Ibid.*

2. Georges Bataille, *La Littérature et le mal*, Paris, Gallimard, coll. « Idées », 1957, p. 66.

3. *Ibid.*, p. 61.

4. Sur les « principes communs au système du jeu (d'échecs) et du roman balzacien », voir David Mendelson, « Balzac et les échecs », *L'Année balzacienne*, 1972.

d'aliénation foncière aucune possibilité d'autoportrait. Bien plus, Balzac ne perçoit à aucun moment dans la gratuité esthétiquement mise en scène, l'attribut principal d'une littérature axée sur une protestation ludique contre l'ordre établi. La poétique d'*Eugénie Grandet* éclaire d'un jour essentiellement différent les rapports complexes qu'entretient le roman avec le monde. Élaboré à la manière d'un réseau de rapports logiques dont l'opposition Avarice-Dandysme constitue un élément fondamental, le texte balzacien vise à mettre en place un système qui dégage les lois d'une économie et en expose le fonctionnement à tous les niveaux du vécu, c'est-à-dire dans une savante intégration des isotopies romanesques. Aussi est-ce à la fiction et au discours « littéraire » qu'est attribué le rôle de dévoiler et, en dernière instance, de dénoncer un réel historiquement défini. Dans la vision du monde qu'articule le récit se révèle, dans sa complexité et ses douloureuses contradictions, la vérité d'un vécu qui ne peut échapper à ses déterminations socio-historiques.

On prendra congé du père Grandet avec un extrait non pas d'un essai critique, mais d'un roman : dans *Le Voleur,* le chef-d'œuvre de Georges Darien (1897), le narrateur évoque son oncle, chez qui l'on reconnaît aisément l'héritier du personnage de Balzac, lui-même créé sur l'horizon du personnage de Molière. Ainsi les livres naissent-ils des livres, dans un engendrement infini.

Georges Darien, *Le Voleur,* Folio, 1798 (pp. 68-69).

Ce n'est pas un de ces ridicules fesse-mathieux — possibles autrefois après tout — qui se refusaient le nécessaire pour ne pas diminuer leurs trésors, et qui laissaient crever de faim leurs chevaux plutôt que de leur donner une musette d'avoine. Ce n'est pas un de ces pince-maille, usuriers liardeurs hypnotisés par le bénéfice immédiat, qui « méprisent de grands avantages à venir pour de petits intérêts présents ». Sa passion ne s'éloigne jamais de son but. Il sait bien que ce n'est pas sa cassette qui a de beaux yeux ; car il sait que les beaux yeux ont une valeur, comme les pièces d'or, et il sait où les trouver quand il en a soif. Et si, par impossible, on lui enlevait son trésor, il ne se prendrait point le bras en criant : « Au voleur ! » car il aurait peur qu'on l'entende et l'orgueil lui fermerait la bouche. C'est l'avare moderne. L'avare aux combinaisons savantes et à longue portée ; qui aime l'argent, certes ; qui ne l'aime pas, pourtant, comme une chose inerte qu'on entasse et qu'on possède, mais comme un être vivant et intelligent, comme la représentation réelle de toutes les forces du monde, comme l'essence de quelque chose de formidable qui peut créer et qui peut tuer, comme la réincarnation existante et brutale de tous les simulacres illusoires devant lesquels l'humanité se courbe. L'avare qui comprend que la contemplation n'est pas la jouissance ; que l'argent ne se reproduit que très difficilement d'une façon directe ; que l'or, étant l'émanation tangible des efforts universels, doit être aussi un stimulant vers de nouvelles manifestations d'énergie, et que l'homme qui le détient, au lieu de l'accumuler stupidement, doit le considérer comme un serviteur adroit et un messager fidèle, et le diriger habilement. Cet avare-là n'est pas un ladre ; c'est une bête de proie. Il reste un monstre ; mais il cesse d'être grotesque pour devenir terrible.

VI. CHOIX BIBLIOGRAPHIQUE

I. Éditions

Pierre-Georges Castex, Classiques Garnier, 1965 (apport décisif sur les sources du roman, et, pour la première fois, étude serrée du manuscrit).

Nicole Mozet, Bibliothèque de la Pléiade, tome III de *La Comédie humaine*, 1976 (riche introduction, notes abondantes).

II. Ouvrages

Maurice Bardèche, *Balzac romancier*, Plon, 1943 (thèse classique).

Maurice Bardèche, *Balzac*, Julliard, 1980 (mise à jour du précédent ouvrage pour un large public).

Nicole Mozet, *La Ville de province dans l'œuvre de Balzac*, SEDES-CDU, 1982 (la meilleure analyse d'une question centrale).

III. Articles

Ruth Amossy et Elisheva Rosen, « La configuration du dandy dans *Eugénie Grandet* », *L'Année balzacienne*, 1975 (intelligente étude du personnage de Charles).

Pierre-Georges Castex, « L'ascension de M. Grandet », *Europe*, janvier-février 1965 ; repris dans *Horizons romantiques*, J. Corti, 1983 (montre excellemment comment Balzac « colle » à l'évolution socio-économique du pays).

Raymonde Debray-Genette, « Le jardin-miroir d'Eugénie », *in Territoires de l'imaginaire. Pour Jean-Pierre Richard.* Textes réunis par Jean-Claude Mathieu, Seuil, 1986 (fine miniature critique, à propos d'un espace essentiel à la symbolique du roman).

John Gale, « *Sleeping Beauty* as ironic model for Eugénie Grandet », *Nineteenth Century French Studies,* automne-hiver 1981-1982 (contribution originale sur le roman envisagé comme une réécriture inversée de *La Belle au bois dormant*).

Sylvère Lòtringer, « Mesure de la démesure », *Poétique,* n° 12, 1972 (denses considérations sur l'échange et le don).

Princeton University, « Thèmes religieux dans *Eugénie Grandet* », *L'Année balzacienne,* 1976 (recherche collective, souvent pénétrante).

Naomi Schor, « *Eugénie Grandet* : Mirrors and Melancholia », *in Breaking the Chain. Women, Theory and French realist Fiction,* New York, Columbia University Press, 1985 (lecture psychanalytique parfois discutable, mais neuve et très suggestive).

TABLE

ESSAI

DOSSIER

DANS LA MÊME COLLECTION

Patrick Berthier *Colomba de Prosper Mérimée.*
Philippe Berthier *Eugénie Grandet d'Honoré de Balzac.*
Michel Bigot, Marie-France Savéan *La cantatrice chauve et La leçon d'Eugène Ionesco* (3).
Arlette Bouloumié *Vendredi ou les limbes du Pacifique de Michel Tournier* (4).
Marc Buffat *Les mains sales de Jean-Paul Sartre* (10).
Pierre Chartier *Les faux-monnayeurs d'André Gide* (6).
Marc Dambre *La symphonie pastorale d'André Gide* (11).
Henri Godard *Voyage au bout de la nuit de Louis-Ferdinand Céline* (2).
Geneviève Hily-Mane *Le vieil homme et la mer d'Ernest Hemingway* (7).
Thierry Laget *Un amour de Swann de Marcel Proust* (1).
Marie-Christine Lemardely-Cunci *Des souris et des hommes de John Steinbeck.*
Claude Leroy *L'or de Blaise Cendrars* (13).
Henriette Levillain *Mémoires d'Hadrien de Marguerite Yourcenar.*
Jacqueline Lévi-Valensi *La Peste d'Albert Camus* (8).
Marie-Thérèse Ligot *Un barrage contre le Pacifique de Marguerite Duras.*
Alain Meyer *La Condition humaine d'André Malraux* (12).
Jean-Yves Pouilloux *Les fleurs bleues de Raymond Queneau* (5).
Claude Thiébaut *La métamorphose de Franz Kafka* (9).

À PARAÎTRE

Michel Decaudin *Alcools de Guillaume Apollinaire.*
Jacques Deguy *La nausée de Jean-Paul Sartre.*
Jeanine Guichardet *Le Père Goriot d'Honoré de Balzac.*
Jean-Jacques Hamm *Le Rouge et le Noir de Stendhal.*
Thierry Laget *Du côté de chez Swann de Marcel Proust.*
Jean-Pierre Naugrette *Sa Majesté des mouches de William Golding.*
Jacques Neefs *Madame Bovary de Gustave Flaubert.*
Bernard Pingaud *L'Étranger d'Albert Camus.*
Jean-Yves Pouilloux *Fictions de Jorge Luis Borges.*

Composé par Aubin Imprimeurs et achevé d'imprimer
par Maury-Eurolivres à Manchecourt
le 04 mars 1992
Dépôt légal : mars 1992
Numéro d'imprimeur : 92-02-M0388

ISBN 2-07-038530-2 / Imprimé en France

55674